静新ブック＋

01

青春を生きて―歩生《あゆみ》が夢見た卒業

静岡新聞社

取材・執筆　武田愛一郎

はじめに

本書は、「青春を生きて―歩生が夢見た卒業」のタイトルで、2024年1月1日付から2024年3月27日付まで静岡新聞朝刊で連載した記事をまとめたものです。主人公の寺田歩生さんは、骨のがん「骨肉腫」との4年間に及ぶ闘病の末、静岡県立磐田北高校2年だった2021年秋に亡くなりましたが、その生きざまは、関わった人々の人生に影響を与え、病気で長期療養する生徒の希望につながる種をまきました。

歩生さんは病状の悪化で片足を切断し、長期療養に伴う出席日数の不足で留年も経験しました。心が折れてもおかしくない状況の中、歩生さんは卒業という夢に向かって、終末期には松葉杖をつき、点滴を携えながら学校に通い続けました。治療や体調不良で登校できない時は、自宅や病院と教室をオンラインで結んで授業を受けました。そして、歩生さんと家族、学校、病院が一体となって実現した遠隔授業は、県内に大きなレガシー（遺産）を残します。

「オンライン授業」は、コロナ禍を経た今であれば違和感なく受け止められますが、当時は全国的にも異例でした。県内の県立高では前例がない中、磐田北高は県教委に掛け合い、校内に通信環境を整え、教員に理解を求め、歩生さんがオンラインで授業が受けられる体制を構築しました。学校側がここまで配慮したのは、歩生さんの懸命さに応えようとしたからにほかなりません。

歩生さんの生きざまは、生きるとは何か、学ぶ意味とは、友人や家族とは、とさまざまなことを問いかけてきます。本書は、特に歩生さんと同世代の中高生たちにこうしたことを考えるきっかけにしてほしいとの願いを込めました。

加えて、全国的な課題となっている「ＡＹＡ（思春期・若年期）世代」のがん患者への支援や理解の必要性を、多くの方々に考えて頂きたいとのメッセージも込めました。高齢者と比べて患者が少なく、相談し合える仲間が少ないことが背景にあり、ＡＹＡ世代のがん患者の悩みは進学、友達関係、恋愛などと幅広いとされています。

記事は連載期間中、弊社ホームページで無料公開したところ、多くの方に読んで頂き「本にしてほしい」という反響もたくさん頂きました。書籍化にあたり、新聞記事では書き切れなかった内容を加筆しました。歩生さんが闘病期間中に綴った日記や、歩生さんの幼少期からの写真もあらためて提供して頂きました。

最後になりますが、歩生さんのご家族をはじめ、磐田北高校の教職員の方々、治療に当たられた医療関係者、取材に快く応じて頂いた関係者の皆さまに心から御礼申し上げます。

静岡新聞社編集局社会部長　鈴木　誠之

※年令、肩書きなどは新聞連載時のものです

序章

記憶

寺田歩生さんの写真を見つめ、一緒に過ごした時間を懐かしむ杉田沙穂さん＝2023年12月、磐田市（浜松総局・山川侑哉）

―19歳の母　亡き友　支えに―

その女性はこの数年、波乱に満ちた人生を送ってきた。

2020年4月に磐田市の県立高校に入学するも翌夏にやめ、通信制の高校に入り直した。地元の友人を介して男性と知り合い、在学中に妊娠。おなかに赤ちゃんを宿しながら勉強を続けて卒業しその男性と結婚、23年7月に長女を産んだ。

19歳。浜松市で家事、育児に追われる日々を送っている。

「人生逃げてばっかりだった。ちゃんと向き合わないといけないって教えてくれたのは、歩生《あゆみ》だった」

生後5カ月のまな娘を抱きながら、杉田沙穂さん＝同市中央区＝は少しずつ語り始めた。今があるのは、亡き友、寺田歩生さんのおかげだという。

歩生さんと知り合ったのは県立磐田北高校に入学して間もなくだった。クラスが同じで、すぐ仲良くなった。好きなアイドルや「恋バナ（恋の話）」で盛り上がり、教室で机を並べて弁当を一緒に食べた。

歩生さんは右足を切断していた。スカートからのぞく足は左側だけだった。

「骨のがんなんだよね」

周囲には伝えていない事実を明かしてくれた。病気で留年していて、2度目の1年生ということも。

杉田さんは明るい性格でクラスを盛り上げたが、次第に休みがちになった。

「さみしいじゃん。来てよ」

高校を休んでいる時、歩生さんからそんなメールが届くこともあった。しかし、杉田さんは2年生の夏休み前、学校を去った。

「学校が嫌だとか、授業が面白くないとか、そういう訳じゃなかった。なんとなく合わなくなって」

自分を見失いそうになりながらも踏みとどまり、通信制の高校に入り直したのは「自分が情けなくなった」からだった。

歩生はあんなに頑張っているのに。

通信制高校に入り直し3カ月ほどたった21年10月。ガソリンスタンドでのアルバイト中に、スマートフォンが鳴った。画面を見ると、磐田北高の当時の担任からだった。

「何か悪いことしたっけ?」

心当たりはなかったが、取りあえず電話に出てみた。担任から告げられたのは、歩生さんの訃報だった。目の前が真っ暗になり、涙がとめどなくあふれた。

亡くなった実感はあまり湧かなかったが、大勢の同級生に交じって参列した通夜で、現実を突きつけられた。

歩生は会うといつも笑顔で周囲を和ませていたのに、この日は静かに眠っていた。

家族ができ母となった杉田沙穂さん（右）。亡き友の思い出を胸に生きている＝2023年12月下旬、浜松市中央区（写真部・小糸恵介）

「こんな再会なんて、あり得ないよ」

変わり果てた姿に号泣した。

妊娠が分かった時、親に伝えるか悩んだ。以前の自分だったら、何も言えなかったかもしれない。向き合わせてくれたのは、亡き友だった。

歩生さんと2人でよく行った磐田北高の保健室。恩師の養護教諭の顔が浮かび、連絡を取ると、親身に相談に乗ってくれた。

「産みたい思いを母に正直に話せた」

身重の体で机に向かい、磐田北高の同級生たちと同じ23年3月に通信制高校を卒業した。

同じ年の7月、長女望華《もか》ちゃんを産んだ。一児の母親になって気付いたことがある。命の重さ、歩生さんの両親のすごさ。

「歩生を学校に通わせるのはとても心配だったと思う。感染症の心配もあるし。それでも通わせたのは歩生がやりたいことを応援していたからだと思う」

慣れない育児に夫の大翔さん（21）と奮闘し、慌ただしい日々を送る。

「なんか、歩生に会いたくなっちゃう」

そう言って、大きな瞳をかすかに潤ませた。

◇

磐田北高2年の時、志半ば、18歳で他界した寺田歩生さん＝磐田市＝は骨のがん「骨肉腫」だった。右足の切断や留年という苦難に直面してなお、卒業を夢見て学校に通い続けた。その生きざまは、家族や同級生、教諭らに今も大きな影響を与えている。歩生さんや家族の取り組みがきっかけとなり、県内で同じように長期療養で学校に通えない生徒に希望も生まれている。自身の余命を知りながら、どのような思いを胸に高校生としての日々を生きたのか――。歩生さんや彼女を支えた人々の物語をたどり、青春と命の意味を考える。

〈メモ〉国立がん研究センター（東京）によると、骨のがん「骨肉腫」は10代の思春期に当たる中学、高校生の年代に発生しやすい。国内で罹患《りかん》する人は年間約200人（100万人に2、3人）で非常にまれな部類に入る。初診時に転移がなく四肢に発生した症例では、5年生存率は70％

程度。痛みや腫れが主な症状だが、症例が少なくスポーツ傷害や成長痛と間違われることも少なくない。

第一章

中学時代

着飾って成人式に臨んだ「歩生ちゃん人形」

―体育祭　肩組み快走―

「寺田家」と刻まれた墓石の前に立つと、大学2年生の秋田莉沙さん（20）＝大阪府＝は持参した白い花を添え、1人静かに手を合わせた。

「歩生、元気だった？　私は昨日、成人式だったよ」

2023年1月8日、磐田市内の墓地。住んでいる大阪から実家に帰省して式典に臨んだ様子を、亡き親友に報告した。

歩生さんとは中学2年生と3年生の時に、クラスが同じだった。たくさんある思い出の中でも2年生の体育祭は特別、印象に残っている。

二人三脚の種目でペアを組んだ。秋田さんは吹奏楽部、歩生さんは卓球部。共に小柄で競走とは少し縁遠かった2人だが、肩を組んで快走しフィニッシュテープを切った。

「速かったねー」

自分たちでも驚き、息を切らしながら2人で小躍りした。

歩生さんは、その年の夏頃から右足の痛みを訴え始めた。秋田さんは、歩生さんが体育祭の練習を時々休んでいたことを覚えている。

「その時はあんまり気にしていなかった。まさか大きな病気だったなんて」

歩生さんの右足の痛みは現れたり、収まったりした。

「成長痛かな」

家族はそう捉えていたが、痛みはいつまでたっても消えなかった。

「何でもないことを確かめるため」（母有希子さん）に1度、病院を受診することにした。17年9月、市内の医療機関でレントゲンを撮ると、骨に小さな黒い影が映し出された。

骨の異常を疑った医師から紹介を受けて聖隷浜松病院（浜松市中央区）の骨軟部腫瘍外科を受診した。精密な検査を行った結果、「骨肉腫」が判明した。

「ショックとか、悲しいというより、事実を受け止められなかった」

父武彦さん（56）と有希子さん（54）は当時を振り返る。

体育祭は、病気が判明する直前の出来事だった。

「1位はいい思い出だけど、無理させたんじゃないかって」

秋田さんは、今も複雑な心境を抱いている。

体育祭の二人三脚で快走する秋田莉沙さん（右）と寺田歩生さん＝2017年、磐田市内（歩生さんの両親提供）

中学3年の春。学校では京都、奈良への修学旅行があったが、歩生さんは手術のため参加できなかった。有希子さんは、行けない娘の代わりにと「歩生ちゃん人形」を手作りし、担任の先生に託した。

東大寺、伏見稲荷大社……。秋田さんは各地で人形と一緒に撮影し、たくさん思い出を残した。

歩生さんとは別の高校に進み、会える回数は少なくなったが、秋田さんは入院中の歩生さんのお見舞いに行ったり、歩生さんが退院し体調がいい時は飲食店で会ったりして、お互いにとって貴重な時間を過ごした。

「腫瘍が転移しちゃった」

「病室の看護師、イケメンだよ」

「高校で友達できたよ」

歩生さんは、深刻な話も、明るい話題も何でも秋田さんに話した。

秋田さんは、歩生さんが21年10月に亡くなってからも、お墓や自宅をたびたび訪ねた。

「歩生も本当は成人式に出たかっただろうなって」。式の翌日、お墓を訪ねたのは歩生さんのそんな「愚痴」を聞くためでもあった。

実は、成人式の時、歩生さんは秋田さんと同じ会場に〝いた〟。

大勢の同級生たちに紛れるように「歩生ちゃん人形」が式に臨んでいた。歩生さんと同じく成人を迎えた歩生さんのいとこが式に持参していた。

人形は赤い着物で着飾り、胸に白いブローチを付けていた。秋田さんに写真を見てもらった。

「わぁ」

表情が一瞬明るくなり、次の瞬間、こみ上げたものを抑えるように口元に手を当て、大粒の涙を流した。二十歳の歩生さんの姿を重ねて。

◇

他の生徒と同じように普通の中学校生活を送っていた寺田歩生さんは、2年の秋に骨肉腫を発症し、がんとの闘いへと人生が一変した。病状は重くなる一方だったが、持ち前の明るさを失わず治療を続け、高校合格を勝ち取った。そんな闘病前半の中学時代を描く。

〈メモ〉寺田歩生さんは、最初から病名を知らされていた。聖隷浜松病院で主治医だった井上善也医師（現浜松市リハビリテーション病院）は「子どもでも告知することにしていた。強力な化学療法を行い副作用も強い。自分がどんな病気か知っておかないと耐えられなくなる」と説明する。近年の医療現場の方針という。がんは治る病気という理解が進んできたことも背景にある。

―抗がん剤効かず　苦渋の決断―

中学2年生だった2017年10月に歩生さんの抗がん剤治療が始まった。入院を機に、歩生さんは家族と共有の日記を付け始めた。歩生さんは、つらさや不安をたくさんつづっているのだろうかと想像したが、そうした記載は少なく、どちらかと言えば前向きな内容が多い。

「学校行きたーい」

「白血球が増えて外泊許可がでたよ。イェーイ！」

病を患っている人が書いていることをつい忘れそうになるほど、明るい。

ただ、抗がん剤の副作用は容赦なかった。

自慢のロングヘアがごっそり抜けた。

「髪が束になって抜けてきます」「今日はもっとたくさん抜けた。かつらが1個できそうなくらい」――。

初期のページには、そんな記述がある。

気持ち悪さのあまり、1日中、食べ物を受け付けなかった日もあった。

「いつもは強気」（母有希子さん）な歩生さんが、病室のシャワールームで1人シクシク泣いた。

「さみしくなっちゃった」

自分以外に若い人はいない大部屋の病室から深夜、家族にＬＩＮＥ（ライン）を送ってきたこともあった。

骨肉腫は、右膝付近の大腿骨にできた。抗がん剤による治療は当初、5カ月程度の予定だったが、効果がみられなかった。

12月29日の日記。「10時から井上Ｄｒよりムンテラ（医師からの説明）。パパ、ママ、歩生で聞いた。当初はＨ30年3月いっぱいの治療だったが、思うように治療が進んでいない。1年程かかるかもしれないとのこと。とすると、（来年）9月か……。長い療養になりそう。勉強も何とかしなければ」――。有希子さん（54）は不安をのぞかせた。

聖隷浜松病院（浜松市中央区）の主治医井上善也医師からは、次の治療法として、腫瘍を周辺の正常な組織ごと取る「広範切除」し人工関節に置き換える手術の提案を受けた。承諾をしたものの、歩生さんの体は小さく、特殊な人工関節が必要だった。

井上医師は、こうした手術の経験が豊富な金沢大付属病院（石川県金沢市）をセカンドオピニオンと

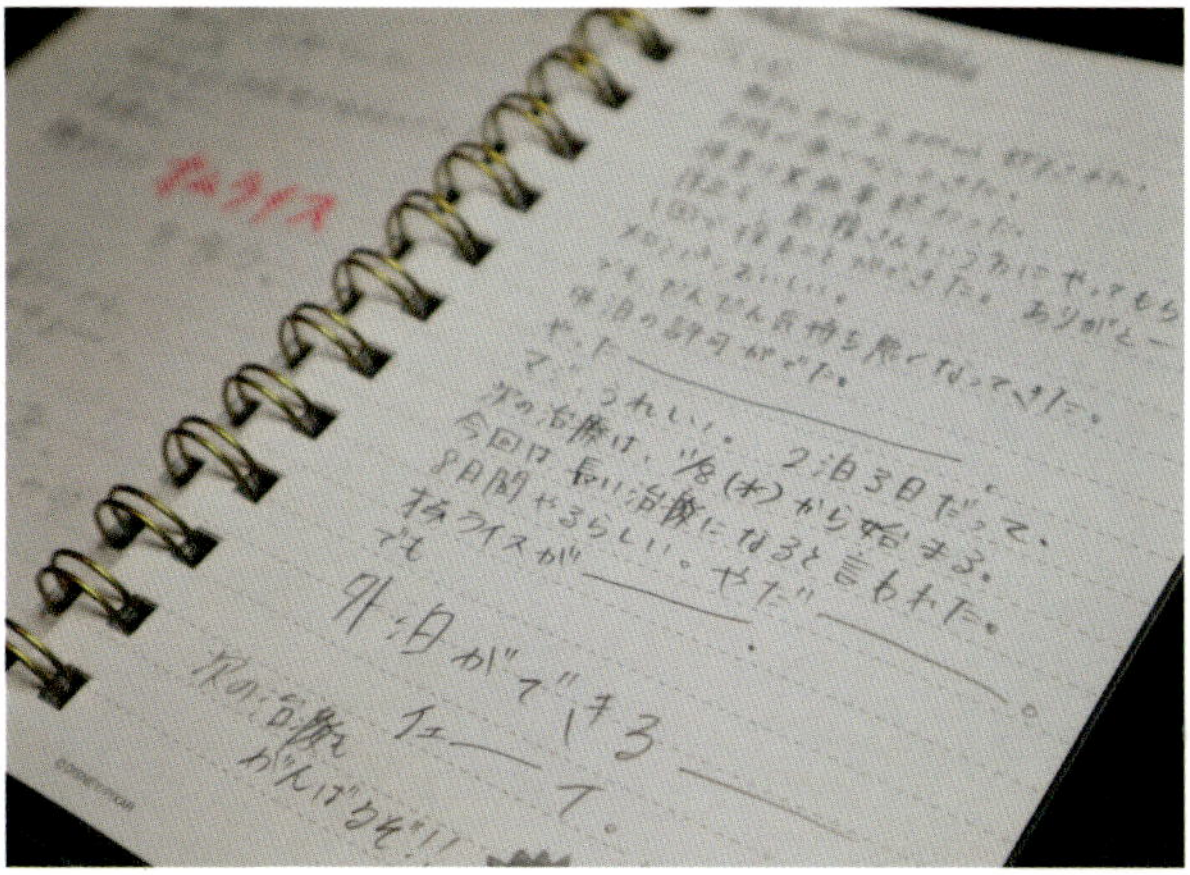

入院中に寺田歩生さんがつづった日記

して家族に紹介した。

「金沢大の医師と学会で付き合いがあって、相談したところ、『うちでやりましょう』と言ってくれた」（井上医師）

2018年4月、歩生さんは中学3年になってすぐ、有希子さんとともに金沢に向かった。

有希子さんは到着した日の翌朝、病院の敷地を散策した。

「桜の巨木が満開でみごとです」

現実を忘れさせてくれるような景色を日記に書き留めた。金沢は、静岡と違ってまだ肌寒かった。

この日は、次女季世さん（24）の大学の入学式の日でもあった。

日記には「行ってあげられずに本当に申し訳ない。」と母の字。

治療の選択肢はいくつかあった。液体窒素で患部の骨を凍結させ、がん細胞を破壊させる方法、患部や膝関節を取り除き人工関節を入れる方法、そして足を切断する方法……。

足の機能はできるだけ残してあげたいと家族は考え、液体窒素による治療を望んだが、腫瘍が及んでいた膝関節を温存することは難しかった。

苦渋の末、膝関節まで切除する人工関節を選択した。

4月11日。手術は無事成功した。歩生さんは、9日後にはボランティアの大学生と院内で卓球を楽しんだ。術後の経過は順調だった。

歩生さんは、リハビリをしながら5月に通学を再開した。がん治療を始めた前の年の10月以来、およそ半年ぶりの登校だった。温かく級友に迎え入れられ、学ぶ意欲にも満ちていたが、わずか3カ月後、再発した。

〈メモ〉寺田歩生さんの手術を手がけた金沢大名誉教授の土屋弘行医師（66）によると、膝に骨肉腫を発症した場合、人工関節に置き換える手術が主要な治療法の一つ。ただ、骨肉腫は非常にまれながんのため、国産の人工関節はほとんど普及しておらず海外製が主流となっている。日本人の体形、特に子どもに合う人工関節は非常に少ない。歩生さんの手術では、骨をできるだけ残しながら人工関節を入れる手術も検討されたが、こうした事情や歩生さんの骨が細かったことから、骨を多く切除する手法が選ばれることになった。

――転移に耐え　志望校合格――

右足に人工関節を入れる手術を終え、中学3年（2018年）の5月に登校を再開した寺田歩生さんだったが、3カ月後の8月に局所的に再発し、12月には肺に転移した。

「治療はもう放射線くらいしか……」

聖隷浜松病院（浜松市中央区）の主治医井上善也医師からも、そう言われるような状態だった。両親はわらにもすがる思いで、県内外の病院を駆けずり回ったが、転移が複数箇所あることを理由に、どこも門前払いだった。

その年も終わろうとしていた12月27日。父武彦さん（56）と母有希子さん（54）は、東京に向かった。病院2カ所を訪れ、娘を受け入れてもらえるかどうか依頼するためだった。井上医師からの紹介状はあったものの、最初の病院ではやはり、断られた。

スマートフォンの地図機能を頼りに、慣れない地下鉄を乗り継ぎ次の病院へ。国立がん研究センター（中央区）に向かったつもりだったが、着いた場所に病院らしき建物は見当たらなかった。慌てて、タクシーに飛び乗った。

研究センターに電話を入れると、検討違いの方向に来ていたことが判明した。

予定の時間を大幅に過ぎて到着し平謝りする武彦さんらを、荒川歩医師（44）は嫌な顔一つせず迎え、話を聞いた。そして、こう言った。

「うちで見ましょう」

治療は、保険適用外の抗がん剤を使う、一般の病院ではできない先進的な方法だった。

「希望がつながった。あの時は本当にうれしかった」

武彦さんは振り返る。

ただ、逆に病状を悪化させるリスクもはらんでいた。

「ばくちのようなもの」と助言してくれた県内の医療関係者もいた。効果があるかどうか分からない中、副作用や体力の低下で寿命を縮めてしまうだけになる危険性がある、という意味合いだった。

「放射線を当てるだけの治療をして、体力を温存していたら、歩生はもうちょっと楽に、長く生きられたんじゃないかっていう思いはある。だけど、病気が治る可能性があるなら何でもやろう、やれるだけのことはすべてやろうという気持ちだった」

有希子さんは、そう話す。

闘病生活の終盤に歩生さんを診た浜松医科大付属病院の坂口公祥医師（45）によると、がんをコントロールできなくなってからの余命は長くて半年という。

歩生さんは、国立がん研究センターにかかった時点で既に病気を抑え込むのが難しくなっていた。終末期を見据え、浜医に通い始めたのは、国立がん研究センターを受診してから13カ月後の20年2月。他界するのは、それからさらに1年8カ月後の21年10月だった。

「これだけ長い期間、病気に対応できた事例は、経験がない。国立がん研究センターでの治療がここまで効くのかと驚きを持って診ていた。歩生さんの残り時間をうまく延ばすことができたのではないか」
坂口医師はそんな思いを抱いている。

東京での治療が始まり光が差し込んだものの、目の前には「高校受験」という別の壁が立ちはだかっていた。

歩生さんは、治療のため、授業はあまり受けられていなかった。担任の牧野しのぶ教諭（現磐田市立豊岡中）は、治療と学業の両立のしやすさやサポートの受けやすさを考えて、私立高を薦めた。

本人は、母や姉2人の母校でもある県立磐田北高校を志望した。受験できる成績は残していたが、合格に届くかどうか微妙なラインだった。

家族会議を開き、何度も話し合った。

「『磐田北を受けるだけ受けます』と言って受験したらどう？」

選んだのは、挑戦だった。

卒業式で記念写真に収まる（左から）寺田歩生さん、牧野しのぶ教諭、親友の秋田莉紗さん（歩生さんの両親提供）

歩生さんは副作用に苦しみながら、姉2人の助けを借りたり、動画投稿サイト「ユーチューブ」を参考にしたりして、猛勉強した。

そして見事合格。志望校への切符を手にした。

牧野教諭は、歩生さんが2年生の時からの担任で、病気になる前と後を知る。

「元々芯の強さや負けず嫌いな一面はあったが、病気になってより強くなったと感じた。自分でできることは何でも一生懸命やるんだ、という意思をひしひしと感じた」

歩生さんは中学の修学旅行には行けなかったが、卒業旅行で友人と東京ディズニーランドに行ったり、家族とアーティストのライブに出かけたりした。学校では合唱コンクールで前評判を覆し、学年優勝する経験もした。

振り返ると、病気がさらに進行した高校では高校生らしい生活や遊びはほとんどできなかったが、中学では楽しい思い出をつくることができた。

〈メモ〉寺田歩生さんは中学1年の時、1日しか学校を休まなかった。闘病が始まった2年生では103日欠席し、1年間の授業日数の半分に及んだ。3年生の欠席は64日。2年生より大幅に減ったが、人工関節の手術や肺への転移、国立がん研究センターでの治療など転機がいくつもあった。気力がなえても不思議ではないが、治ることを信じ、治療と勉強を両立した。

第二章

高校時代

磐田北高の入学式当日、記念撮影した寺田歩生さん =2019年4月、磐田市内

―右足失う決心　迷いなく―

２０１９年４月、念願の県立磐田北高に入学した磐田市の寺田歩生さん。骨肉腫のがん細胞は既に肺転移していたが、体調は比較的良く、両親に車で送迎してもらいながら登校した。

部活動は生活文化部に入り、好きな手芸を楽しんだ。

ほぼ毎日学校に通ったが、夏ごろ、右足に強い痛みが現れ始めた。

痛みは、相当だったようだ。

国立がん研究センター（東京）での治療が何日にも及ぶ際、歩生さんや家族は小児がん患者やその家族が利用できる施設「アフラックペアレンツハウス」に滞在した。

付き添った姉侑加さん（27）が就寝中、ふと目を覚ますと、ベッドサイドに座り、右足をさする妹の姿が暗闇の中にあった。

話しかけても無言の時もあった。

薬が効いた日中は明るかったが、「夜は別人だった」（侑加さん）

日中に夜中のことを聞いても、「え、そんなことあった?」と覚えていないことも。

「あの時は痛さから逃れるため、精神統一していたのかもしれない」と侑加さんは思う。

7月、研究センターでの検査で右肺の腫瘍の拡大が判明し、右足と右肺への放射線治療が始まった。

「好きなことをたくさんするんだよ」

「どこか行った?」

主治医の荒川歩医師（44）からは、外来を訪れるたびに声を掛けてもらった。

そんな励ましに背中を押されるように、姉妹で東京を楽しんだ。上野のアメ横、スカイツリー、歩生さんが大好きなダンス＆ボーカルグループの事務所がある中目黒……。

歩生さんは右足を曲げることが困難になっていたが、歩生さんが動ける範囲で、たくさん思い出を残そうとした。３姉妹そろって東京ディズニーシーにも出かけた。

芯が強く、さっぱりとした性格だった歩生さん。くよくよしたところを家族に見せることは、ほとんどなかった。そんな様子を伺わせるエピソードがある。

この夏、両親と侑加さん、歩生さんは荒川医師から歩生さんの余命が厳しい状況にあることを告げられた。侑加さんはショックを受けて病室に戻ると、歩生さんは平然として言った。

歩生さんが治療を受けた国立がん研究センター＝2023年12月、東京都中央区築地

「ねるねるねるね、食べていい？」

お菓子を食べていいかと聞いてきた妹に「何で今、そんなこと言える？　と思って。あんた、何を聞いていたの？　と」

どんな心境だったのかは分からないが、淡々としていた。

だが、歩生さんは、期待した抗がん剤の効果が乏しいことが判明した時、病院のエレベーターの影で一人、患部の右足を何度も叩いた。父武彦さん（56）が、その姿を遠くから目撃した。

「何も思っていないようで、そうじゃないんだなと。やっぱり悔しいんだろうなと思った」

武彦さんは、胸が締め付けられた。

右足は悪化する一方だった。右膝は腫れ上がり、太ももより太くなった。膿んだ状態になり、痛みもひどかった。

荒川医師は「足を切断する選択肢もある」と提案した。

歩生さんの母有希子さん（54）は言葉を失ったが、「使えない足なら要らない」と、歩生さんは言い切った。

荒川医師によると、足を切断するのは、命を救える場合と、治る見込みはほぼないが強い痛みなどで日常生活が損なわれるだけになっている場合。歩生さんは後者だった。

選択肢がないとはいえ、大人でもなかなか決められないという。

「当然だが、これまで同じ提案をした時、泣いたり、取り乱したりした患者さんはたくさんいた。思春期の女の子にとっては特に大変な決断になるが、歩生さんは自ら決め、我々にはそういう姿は見せなかった」

荒川医師は鮮烈な印象として記憶している。

12月9日。右足は根元から切り離された。周囲の心配をよそに、本人は前向きだった。家族には「すっきりした」と語った。

家族の前でも涙や心の乱れは見せなかった。義足をつくる提案も「要らない」と断った。

手術から1週間後に撮影した写真には、病室のベッドの上で、黒いニット帽で覆面し、両手を広げてスパイダーマンのようなポーズを取る、ちゃめっ気あふれる姿が残されている。

実は歩生さんの病気のことは、磐田市内に住む祖母には内緒にしていた。心配をかけたくなかった。

抗がん剤で髪の毛が抜けた時はニット帽を被って隠した。右足に人工関節を入れる手術のため金沢市に行った時は「部活で足を痛めた」と誤魔化した。

足を切断する段階になって、いよいよ隠しきれなくなった。

当時、歩生さんは数カ月持つかどうかと言われていた。孫との限られた時間を一緒に過ごし、心の準備をしてもらう大切さも思い、伝えた。

「ごめんね、気づいてあげられなくて」。話を打ち明けられた祖母は謝った。

足を切断した後、歩生さんの心境の変化は周囲にも伝わった。

「以前はピリピリした雰囲気の時もあったが、右足を取ってからは素直に弱音もはいてくれた」

磐田北高の当時の養護教諭増田紀子さん（46）＝現浜名高＝は振り返る。

「歩生が、以前と変わらず学校に通えたのは、本人の強さもあったと思うが、家族の愛情や支え、友達の存在も大きかったのではないか」

大きな手術や通院で欠席が増え、進級に必要な出席日数が不足していた歩生さんは年度末、もう一つの大きな選択を迫られることになる。

◇

高校に進学した寺田歩生さんには、病状悪化による右足の切断などさまざまな試練が待ち構えていた。一方、学業に目覚め、本気で卒業を目指した。県内の県立高では前例がなかったある試みに挑み、それまでなかなか実現しなかった高校教育の現場に風穴を開けた。そんな高校時代をたどる。

〈メモ〉寺田歩生さんや家族が治療で上京した際に利用した「ペアレンツハウス」は、公益財団法人「がんの子どもを守る会」が運営する。小児がんなどの難病の子どもとその家族のための総合支援施設で、患者本人は無料、家族は1泊1000円で利用できる。専門のカウンセラーが、さまざまな悩みや困りごと相談にも乗ってくれる。歩生さんの姉侑加さんは「ペアレンツハウスで歩生と大切な時間を過ごすことができた」と感謝する。

―留年選択　家族の総意―

高校には、公立・私立を問わず、進級の可否を判断する際に「履修」という一つの基準がある。教科ごとに決められた日数、授業に出席しなければならない。県立高はどの教科も3分の1程度欠席すると、履修不足となり進級できなくなる。病気が理由だったとしても考慮されない。

寺田歩生さんは高校1年の時、2学期が終了した時点で欠席日数は54日で、既に規定とされる「3分の1」に迫っていた。

放射線治療や右足を切断した手術の影響が大きかった。

寺田家でも欠席日数の増加は懸案だったが、むろん治療をやめるわけにはいかない。

年明けに規定の日数を超えた。

留年か、退学して治療に専念か、あるいは通信制高校への転学か。

選択肢は限られる。だが、いずれも歩生さんや家族にとって、受け入れがたい現実だった。

学校側も苦慮した。歩生さんの頑張りは、教員誰しも分かっていた。

「できることなら進級させてあげたいと考えた。でも、基準がある以上、病気が理由とはいえ特別扱いは、やはりできなかった。かと言って、治療への専念や転学を薦めるのは違うと感じていた」

当時の鈴木真人校長（62）＝掛川市＝は振り返る。

鈴木校長は悩んだ末、担任や学年主任を通じて、特例案を示した。進級は認められないが、新2年生と同じ教室で授業を受けられるようにする――と。

学校や友達とつながっていることが、歩生さんの生きる力になっていると感じていた。学校とつながるという意味では留年も一つの考えだったが、留年は本人にとって多大なエネルギーが要り、そのまま学校に来なくなる生徒を、鈴木校長は長い教員生活の中で、何人も見てきていた。そうしたことを踏まえた上での提案だった。

寺田家では、議論になった。歩生さんは当初、通信制高校を希望した。父武彦さん（56）や歩生さんの姉2人は本人の意思を尊重した。

「本人の思いが大事だし、自分が歩生と同じ立場だったら『無理して学校に行かなくていい』と思うんじゃないかと思って」と武彦さん。

母有希子さん（54）は、磐田北高に残る案を推した。通信制に行くことになれば、学校に通う頻度が減り、友達づくりも一から始めなければならないことを懸念した。

「家族や治療以外のところで、自分の居場所を持っていてほしかった。それが先生も友達もよく知っている磐田北高だと考えた」

母の思いを聞き、歩生さんの心は次第に学校に残る方へと傾いていった。

そして、最終的に選んだのは「留年」だった。

では、なぜ新2年生と一緒に授業を受ける道ではなかったのか――。

歩生さんや家族にとって、単位が取得できない状態で学校に通うのは、治らないことを受け入れることと同じだった。もちろん、家族の誰もが、病状が厳しいことは理解していた。ただ、諦めてはいなかった。単位を取って卒業することが目標であり、生きる意味だった。

歩生さんは留年を決断をした当初、複雑な思いもあったようだ。

「あぁ、もう一回1年生か」とため息をついた。のちに卒業への驚異的な執念を見せるが、この時点ではまだ芽生えていなかった。

「留年を選択したことは驚いた。本人やご家族の思いに全力で応えようと教員も気持ちを新たにした」（鈴木元校長）

一方、学校に残り、卒業を目指す道を後押しした有希子さんだったが、内心揺れた。

「片足がない状態で、歳下の子と一緒に生活するのはやはりかわいそうすぎる……。どの選択が正しいのか分からなくなり、心が折れた。でも、あの子はやると決めたらやるという感じで。最後は提案し

愛犬「豆吉」とくつろぐ寺田歩生さん。＝2020年4月、磐田市内（歩生さんの両親提供）

た私より潔かった」

東京に長期滞在しての放射線治療、右足の切断、そして留年――

歩生さんの環境は、高校入学からわずか1年でめまぐるしく変化した。

学校は、留年を決めた歩生さんを支えるべく、ある取り組みの導入を決めた。

歩生さんが病院や自宅からリモートで受けられる遠隔授業（オンライン授業）だ。当時、県内の公立高では前例がなかった。

〈メモ〉寺田歩生さんが高校1年だった2020年2月、寺田家ではオスの柴犬1頭を家に迎えた。全国で闘病する子どもの夢を実現させる活動に取り組む公益財団法人「メイク・ア・ウィッシュ　オブ　ジャパン」（東京）が、歩生さんの願いをかなえた。「豆吉」と名付けられた子犬は歩生さんの癒やしとなった。豆吉は家族の一員となって4年がたった今、10キロを超えるまでに成長し、すっかり家族の「中心」になっている。

―前例なき授業　母の熱意が道開く―

寺田歩生さんが高校に入学した2019年秋、日本で初めてラグビーワールドカップ（W杯）が開催された。自宅に近い袋井市のエコパスタジアムで、日本が強敵アイルランドを撃破した大番狂わせは「静岡ショック」として、世界中を驚かせた。

歩生さんは小学生の時、学校のクラブ活動でタグラグビーをしていた。健康な体であれば、歴史的瞬間に立ち会い、歓喜を味わっていたかもしれない。だが、現実はがんとの闘いの日々だった。

母の有希子さん（54）が、インターネットで、ある新聞記事に目を留めたのは、そんな時だった。広島県教育委員会が、小児がんの生徒を対象にした遠隔授業（オンライン授業）について、単位を認める、という内容だった。

歩生さんは1年の夏頃から、治療による欠席が増え、履修不足で進級できなくなる可能性がちらついていた。

遠隔授業が受けられれば、留年や退学を避けられる可能性がある。

「これだ」

有希子さんは静岡県教委に、県内でも導入していないかどうか電話で問い合わせた。返ってきた答えは「実施していない」だった。

県教委は当時、本校と分校をオンラインでつないで授業をする研究は進めていたが、学校と、病室や自宅を結ぶ取り組みは行っていなかった。

国がようやく、学校のＩＣＴ環境を充実させる「ギガスクール構想」を打ち出した段階で、教育現場ではまだ、高速、大容量の通信ができる環境はほとんど整っていなかった。生徒1人1台の端末配備もできていない状況だった。

有希子さんは諦めることなく、歩生さんの担任に新聞記事を持っていった。

「とにかく早く、とにかく悔いが残らないようにと必死だった」

ただでさえ苦しい治療をしているのに、さらに留年や退学というつらい体験までさせるわけにはいかない――。

そんな思いが母を駆り立てた。

歩生さんに限らず、治療で学校に行けずに泣く泣く留年や退学をせざるを得ないのが、重度の病気で療養する生徒の実情だった。

一方で、有希子さんは遠隔授業について「担任の先生に断られたら、そこで諦めよう」とも心に決め

寺田歩生さんのパソコンに映し出された教室の様子。画面越しに友人と交流できた（歩生さんの両親提供、写真の一部を加工しています）

ていた。要望が高校側の負担になることは、重々理解していた。

高校側は動いた。

担任の土屋悟教諭（40）＝現磐田市立豊田南中教諭＝から相談を受けた鈴木真人校長（62）は県教委に掛け合った。

県教委からは「出席扱いは難しいが、遠隔授業は技術的には可能」との返事を引き出した。

通信環境の整備、授業の方法や内容の検討、教員の端末操作の習得、移動教室の際の対応……。

導入に向け、県教委の担当者に来てもらい、さまざまな課題を一つずつつぶした。

歩生さんだけに遠隔授業を行う理由を明確にするため、県教委と協議し、県内での導入に向け、遠隔授業を研究し課題を洗い出すためと位置付けた。

歩生さんの両親が願った出席扱いは、この時点ではかなわなかったが、半年余りのちの翌年度の2学期、遠隔授業はついに導入された。

「出席扱いの課題はひとまず置いておき、歩生さんの学びの保障を優先させた」

当時教頭で、遠隔授業の実務を担当した河西伸之副校長（53）は振り返る。

土屋教諭も「生徒に困り事があれば力になりたいと思うのが教師だし、個人的にも、歩生さんの頑張りに応えたかった」と心境を明かす。

歩生さんは当初、出席が認められない遠隔授業に意義を見いだせないでいたが、遠隔で授業が受けられ、休み時間には画面越しに友人と交流もできた。

この実績がきっかけとなり、県教委は後年、県立高校に病気療養する高校生への遠隔授業を取り入れ、出席扱いとする方針を決める。

治療で学業を断念し、留年や退学を余儀なくされる課題の突破口を開く大きな一歩だった。

「多くの方々の理解と協力があって実現できた」と有希子さんは感謝する。

病気療養する生徒への遠隔授業は、前例がなく、ある意味困難な挑戦だったが、歩生さんの家族、現場の教諭、学校の幹部、県教委が一つになって実現させた。

W杯で、日本代表が「ワンチーム」を掲げ、初の8強入りを果たしたように。

〈メモ〉広島県教育委員会によると、広島県では2016年度に広島大病院から長期療養する高校生への支援充実の要望を受け、広大病院と連携して遠隔授業を試験的に実施していた。文部科学省が19年夏、生徒側に教員の付き添いがあることを前提に認めていた遠隔授業の要件緩和を検討し始めたことを受け、広島県教委は同じ年の11月、小児がんで長期療養する高校生を対象に、遠隔授業を出席扱いとする方針を打ち出した。

２度目の１年生　執念の登校

新型コロナの感染が拡大していた２０２０年4月、２度目の1年生が始まった。ネットによる遠隔授業（オンライン授業）を受けられるようになったものの、出席扱いにはなっていない。教室で授業を受けなければ、再び進級が危うくなることに変わりはなかった。

病状は悪くなることはあっても、良くなることはない。

寺田歩生さんと家族は、背水の陣だった。歩生さんは、驚異的な頑張りを見せる。１学期は１日しか休まなかった。

右足は既に失っている。がんは肺だけでなく、腰や腎臓にも転移していた。２学期、右肺にうみがたまったり、腰への放射線治療が必要だったりして入院し、中間テストは初めて病院で受けた。

痛みを抑えるための医療用麻薬や栄養を取り入れる高カロリー輸液の点滴も始めた。

歩生さんは年末から元日にかけて貧血を起こした。

1月2日、浜松医科大付属病院に駆け込み、輸血した。

「右肺の病巣から出血したのではないか」と母の有希子さん（54）は恐れていた。

「右肺は機能していない。右肺にあるがんの塊が出血を起こすと、状態悪化がありうる」と国立がん研究センターの荒川歩医師（44）から言われていた。

４日も輸血した。

6日は3学期の始業式だった。歩生さんは松葉づえを突いて登校した。

「行くのか」

信じられない思いの父武彦さん（56）に「卒業がかかっているから」と執念を見せた。

3学期に欠席したのは2日だけ。

「本当に行ってるの？」

「好きなこととして過ごしていいんだよ」

荒川医師から声をかけられるたびに、歩生さんは答えた。

「学校、行っています」

歩生さんは学校で明るく過ごしたが、留年したことは、周囲にほとんど明かしていなかった。

そのため、歩生さんが自身の干支を何気なく話した際に同級生から不思議がられたり、1年生同士でいる時に2年になった元同級生から親しげに声を掛けられ、留年していることがバレないかと冷や汗をかいたりしたこともあった。

エピソードがあるたびに家族で笑い合った。

2021年3月19日付の成績通知票。歩生さんは国語総合

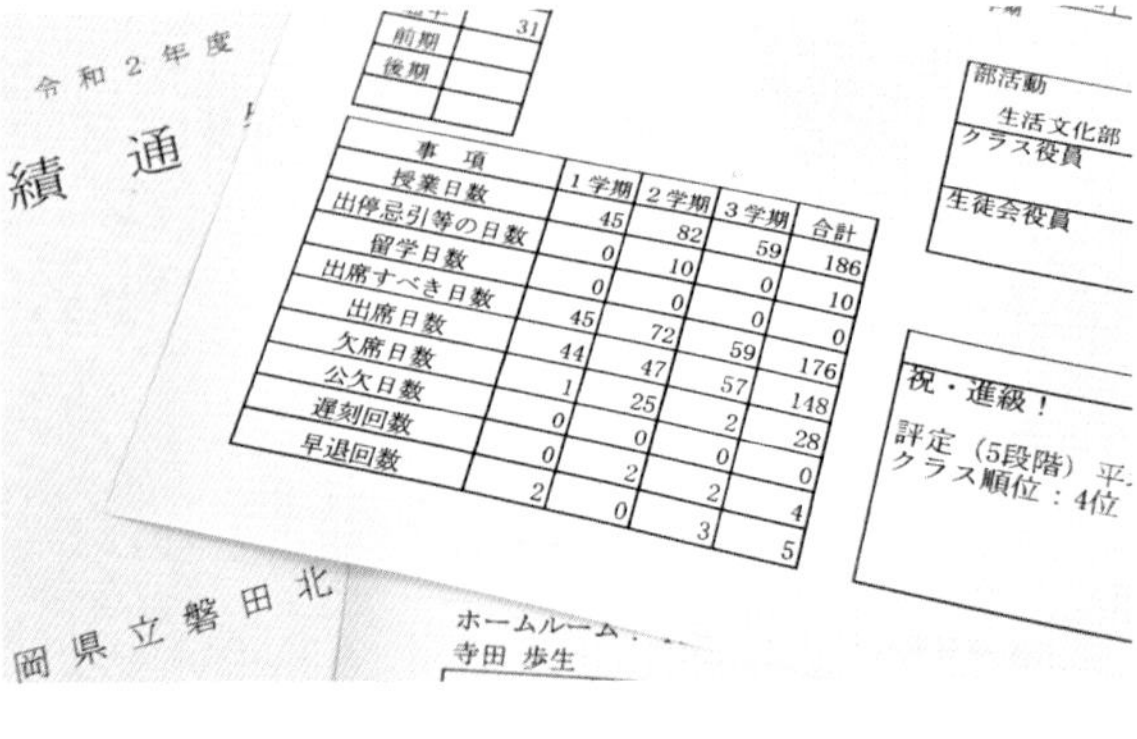
令和2年度

績 通

事項	1学期	2学期	3学期	合計
授業日数	45	82	59	186
出停忌引等の日数	0	10	0	10
留学日数	0	0	0	0
出席すべき日数	45	72	59	176
出席日数	44	47	57	148
欠席日数	1	25	2	28
公欠日数	0	0	0	0
遅刻回数	0	2	2	4
早退回数	2	0	3	5

部活動

生活文化部

クラス役員

生徒会役員

祝・進級！

評定（5段階）平

クラス順位：4位

岡県立磐田北

ホームルーム

寺田 歩生

寺田歩生さんの成績通知票。がんは全身に転移し輸血もする状況だったが、学校に通って好成績を残し進級を果たした

や数学Ⅰ、化学基礎など全14科目で必要単位を修得した。評定は5段階で4.5。クラス順位4位、学年順位275人中26位という優秀な成績を収めた。1学期に限れば学年順位は3位だ。

「祝・進級！」

通信欄に担任の文字がある。晴れて2年生になることができた。

「治療と違って勉強は頑張れば結果が出るし、周りも評価してくれる。お友達も『教えて』と頼りにしてくれる。歩生は助けられているけれど、助けることもできるって思ったんだと思う。勉強はあまり好きじゃなかったけど、楽しかったんじゃないかな」

母はそう考えている。

〈メモ〉寺田歩生さんが2度目の1年生の時の担任で、数学を教えた西橋大祐教諭（33）＝現浜松特別支援学校＝によると、テスト前の自習時、クラスの友達が、登校していた歩生さんのもとに解き方を聞きに行く姿がよく見られた。学期末に各教科の教員が集まり生徒たちの成績や学習状況を振り返る際には、歩生さんの成績の良さが話題に上がった。学校では、歩生さんが遠隔で授業を受ける時は、スムーズに授業に臨めるよう事前に演習問題などのプリントを送ったという。

――最後の成績通知　限界超え証し刻む――

県立磐田北高は2021年3月、2年生への進級を確実にした寺田歩生さんに対する遠隔授業を出席扱いとすることを決めた。

県内の県立高校で初めてとなる画期的な決定だった。県教委がのちに、病気療養中の生徒への遠隔授業を出席扱いとする運用指針を作り、すべての県立高校に適用する大きなきっかけとなった。

歩生さんの遠隔授業を実現したのは、現場の先生たちの熱意が大きかった。

「遠隔授業を出席扱いにしませんか」

年度末が迫っていた3月、磐田北高の職員室。歩生さんの学年主任や担任らが、当時の鈴木真人校長（62）に提案した。

遠隔授業は2学期に導入したが、出席扱いにはしていなかった。まだ成果や課題を洗い出す「研究」という位置付けだった。

遠隔による授業は、通信が不安定になる時もあったが、ほぼ問題なくできた。何より歩生さんが真面目に取り組み、成績も申し分なかった。

鈴木校長は、こうした実績から出席扱いにしたい思いはあった。

ただ県教委から指針や実施要項が示されていなかった。出席扱いとすると、授業をより配慮して進める必要性が出てくるなど、現場の教師たちの負担になる懸念もあり、言い出せないでいた。

「先生たちから『自分たちもできたし、歩生さんも頑張った。出席扱いにしていいと思います』という話があった。本当にうれしかった」

鈴木校長は自信を持って静岡県教委に「出席扱いにします」と宣言した。

県教委は、学校の判断を尊重した。歩生さんへの遠隔授業が問題なく進められていたことは把握していたし、広島県では既に小児がんの高校生への遠隔授業を出席扱いしていた背景もあった。

歩生さんの両親は1年前の2020年3月、県教委に嘆願書を出していた。

「次年度こそは遠隔授業による出席と単位修得を認めてほしい」――。

次年度には実現しなかったが、両親の切実な思いは1年越しにかなう形となった。

一方、歩生さんの病気はさらに進行した。

2年生に進級したばかりの4月下旬、左肺が肺炎を起こして入院

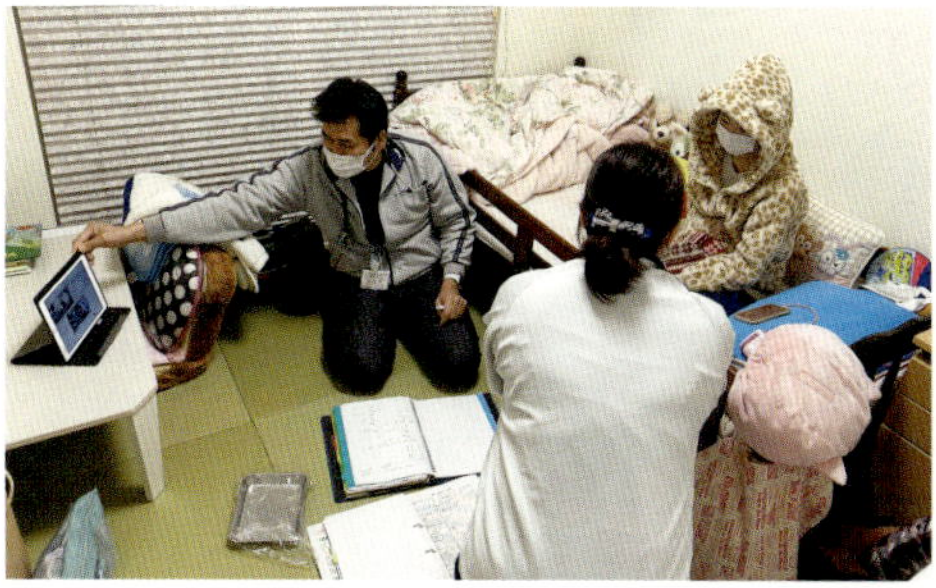

往診を受ける寺田歩生さん（右奥）。東京の病院とリモートでつなぎ治療方針を確認した＝2020年12月、磐田市内（磐田在宅医療クリニック提供）

し、学校に通えなくなった。

右肺は既に機能しておらず、肺機能は危機的だった。失った右足だけでなく、左足も次第に動かすことが困難になった。

体重は35キロを切った。小学校高学年の平均体重を下回るほどだった。治療を続ける体力は限界だった。

6月7日、中学3年だった19年1月から2年半ほど続けてきた国立がん研究センター（東京）での治療に区切りを付け、自宅療養に切り替える決断をした。

打つ手はないとして県内外の病院から治療を断られ続ける中、受け入れてくれたのが国立がん研究センターだった。研究機関ならではの先進的な医療を受けることができ、希望がつながったが、そこでの治療も諦めざるを得ない状態だった。

母有希子さん（54）が当時を振り返る。

「歩生は何でも自分でする性格だったが、一つ一つできなくなった。夢や希望はあったけれど、そがれていった」

それでも、歩生さんは遠隔で授業を受け続けた。退院の3日後、自宅で酸素吸入しながら愛用のノートパソコンに向かった。1学期末のテストも自宅で受けた。

歩生さんの成績通知票によると、2年生の1学期は「出席すべき日数」59日のうち、42日出席した。現代文B、数学Ⅱ、物理基礎……。多くの科目で成績が付いた。

治療を受ける体力をも奪われた状態の中、留年を経て執念でつかんだ2年生の記録、そして高校生としての証しを刻み込んだ。

「遠隔授業を出席扱いにしてくれたおかげで、成績を残すことができた」と有希子さんは深く感謝する。

学校側は、2学期に歩生さんが登校してきた時に備え、さまざまな準備をした。歩生さんのクラスでは、生徒たちが車椅子を使って階段を上り下りする練習をした。車椅子は校内の福祉科から借り、福祉科の教師に指導をお願いした。校舎の段差がある場所にスロープも設置した。

ただ、歩生さんの衰弱は著しく、登校することは2度とかなわなかった。

〈メモ〉寺田歩生さんは、東京での治療と並行して最初の1年生だった2020年2月から、浜松医科大と磐田在宅医療クリニック（磐田市）の利用を始めた。非常時の支援や終末期を見据えての準備だった。実際、貧血を起こした際に浜松医大に駆け込み、輸血するなど、大切なよりどころとなった。磐田在宅医療クリニックは歩生さん宅を訪問診療し、病状や健康状態を管理した。歩生さんの部屋と東京の病院をリモートでつなぎ、歩生さんを交えて主治医と治療方針を打ち合わせることもあった。

第三章

ついの別れ

寺田歩生さんの在りし日をしのぶ姉侑加さん＝2024年3月、磐田市内

―前夜のテスト勉強　命尽きるまで―

「明日の物理、嫌だなぁ。分かんないんだよね」

県立磐田北高2年の寺田歩生さんは、母有希子さん（54）にこぼした。

２０２１年10月11日、２学期の中間テスト初日を終え、自宅で一息ついていた。

「いいよ、できるところまでやれば。投げ出しちゃうのはやめようね」

「じゃあ、頑張るか」

母に励まされて気持ちを切り替え、再び自室の机に向かった。

歩生さんは会話はできたものの、２年生になり日常生活に介助を必要とするほど、体力が低下した。肺機能が著しく下がり、自宅で酸素吸入した。食事の量は極端に減り、高カロリー輸液を投与した。

「いつ何があっても不思議ではない」（有希子さん）状態だった。

そんな中で、遠隔授業や定期テストを受けた。

定期テストは、歩生さんが２度目の１年生の時、遠隔授業の導入と同時に自宅や病院で受けられるようになっていた。学校が担当教諭や県教委と協議し、他の生徒との公平性が保てるよう細かく手順を定めた。

２年生２学期の中間テストも自宅で受けた。

定期テストに並々ならぬ思いを寄せた歩生さんは、体に強い痛みがあるにもかかわらず、頭がぼんやりする副作用を嫌がり、痛み止めの薬を減らしたがった。

「点数が悪くなるから嫌」

往診していた磐田在宅医療クリニックの福本和彦院長（50）は、そう言われたことを覚えている。

中間テスト2日目の12日は現代文B、基礎物理、保育だった。苦手意識があった物理は、満足できる結果が残せなかったようだ。

「失敗した」とつぶやき、肩を落とした。

「終わったことは仕方ないから、切り替えて明日頑張りなさい」

母は声をかけた。

歩生さんには全教科のテストを受けたいという強い思いがあったに違いない。しかし、翌日の最終日、テストを受けることはかなわなかった。

「数学のプリント送って」――。

歩生さんは最終日の前日、スマートフォンの「ＬＩＮＥ（ライン）」で友人に依頼し、送信してもらった。

深夜、長女侑加さん（27）が仕事から帰宅すると、他の家族は

寺田歩生さんが使用していた机やノートパソコン= 2024 年 2 月、磐田市

寝静まる中、歩生さんの部屋は明かりがともっていた。

「まだ勉強してるの？　早く寝なよ」

「もう寝る。でもやばいから、もうちょっと」

姉妹は短い会話を交わした。

◇

寺田歩生さんは２０２１年10月13日、帰らぬ人となった。３日間行われた２学期中間テストの最終日だった。卒業を目指し、命が尽きるその瞬間まで勉学に励んだ。最後の３日間を中心に「別れの時」を描く。

〈メモ〉寺田歩生さんが自宅などで受ける定期テストの問題用紙は毎朝、家族が学校に取りに行った。学校は各教科ごとに封をして手渡した。テストの時間や時間割は、校内で他の生徒が受けるテストと同じになるよう合わせた。自宅では家族、病院では看護師が試験監督を務めた。当時教頭だった県立磐田北高の河西伸之副校長（53）は「歩生さんの家族と築いてきた信頼関係があり、問題が漏れるというような心配はなかった。歩生さんの頑張りに応えたいという思いが強かった」と振り返る。

―最高点の答案残し　旅立ちの朝―

最期は、予期しない形で訪れた。

２０２１年10月13日、2学期の中間テスト最終日。寺田歩生さんは午前8時頃、目を覚ました。前夜は日が変わる時間まで勉強し、その成果をぶつけるつもりでいた。

「トイレ行こっか」

母の有希子さん（54）が歩生さんの部屋を訪れた時だった。

歩生さんは、ベッドの上で急に息苦しそうにした。

「今日は苦しい」

自分でベッドサイドに座り、扇風機の風に当たりながら呼吸を整えた。

「テストは受けられない……」

歩生さんは声を絞り出した。普段であれば呼吸は落ち着くが、この日は苦しさを増し、意識を失った。

あまりにも突然娘に襲いかかった死の影に、有希子さんは、気が動転した。

家族は磐田在宅医療クリニックの福本和彦院長（50）との間で延命措置はしないと決めていたが、侑加さん（27）は母から言われるがまま１１９番していた。

「助けたい」

「これ以上苦しめたくない」

有希子さんの中で、相いれない思いが交錯した。急行してきた福本院長は、静かに歩生さんの最期を確認した。

4年間の闘病生活が終わりを告げた。

「歩生ちゃん、戻っておいで」

知らせを聞いて駆け付けた母方の祖母は、嗚咽を漏らした。

家族で歩生さんの体を清めた。侑加さんと次女季世さん（24）は、自分たちの化粧品を持ち寄り、妹にメークをした。

「旅立っても可愛く目立って」――。

キラキラ輝くアイシャドーを塗り、歩生さんのポーチに入っていたサーモンピンク色のチークをほおにのせた。瞬間、眠っているような、きれいなぬくもりのある顔になった。

闘病のため、友人と遊びに行く機会がほとんどなかった歩生さん。机の引き出しにしまっていた化粧品は新品だった。

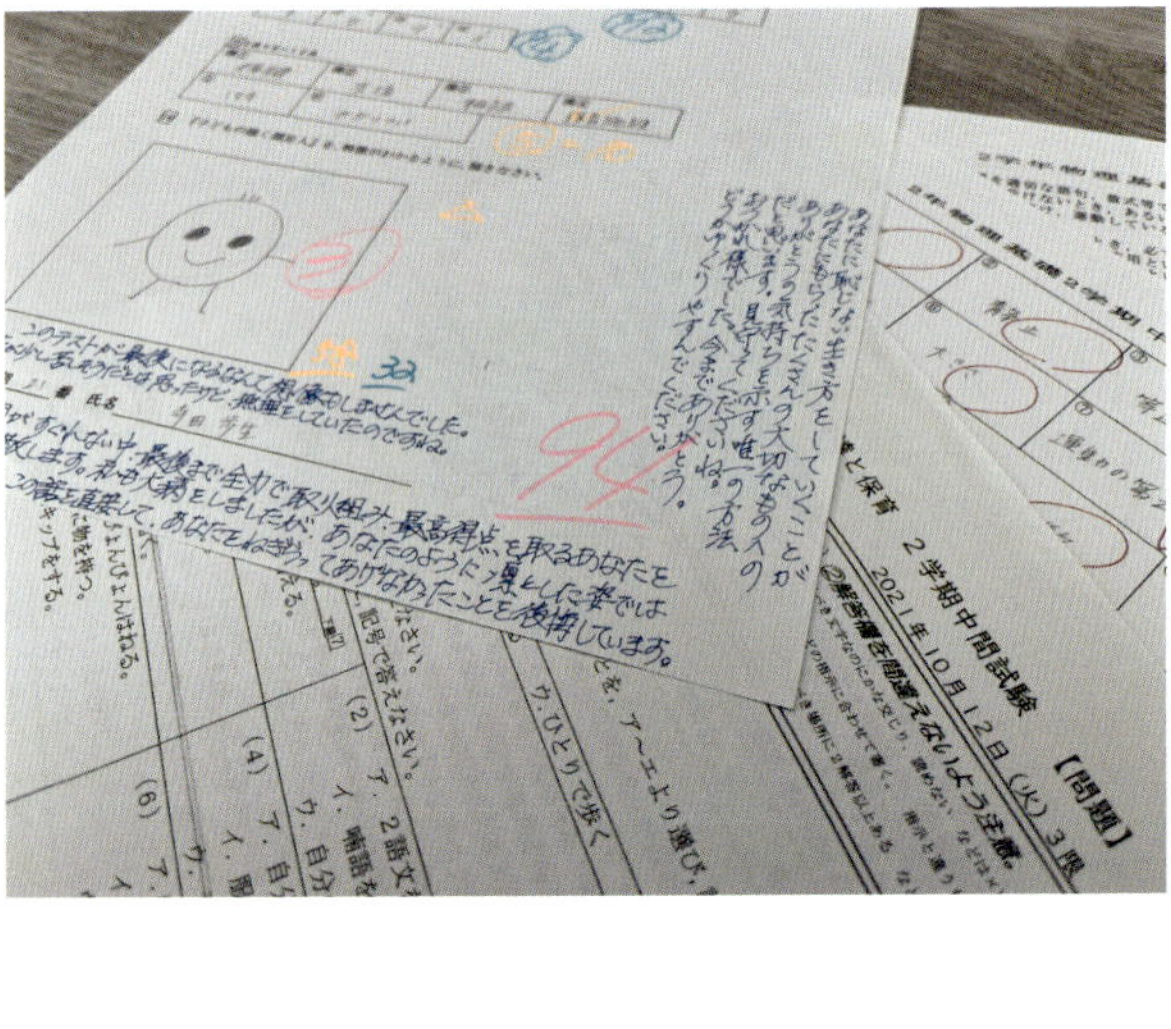

寺田歩生さんが2年生2学期の中間テストで受けた保育と物理の解答用紙。人生最後のテストとなった保育は最高得点だった

「初めて妹に施すメークが死に化粧だとは思ってもみなかった」（侑加さん）

闘病中、体調がいい日など1日としてなく、最後の方はとても苦しかったはず。穏やかな顔を見ると、悲しみよりも安堵感を覚えた。

「もう、苦しい思いをしなくて済むんだ、解放されたんだって」

有希子さんは、磐田北高に報告に行った。

遠隔授業の導入や留年の決断を受けた対応に奔走した鈴木真人校長（当時）は有希子さんが帰った後、校長室で一人泣いた。

夢見た卒業は、果たせなかった。

だが、努力はうそをつかなかった。前日に受けた物理。歩生さんは「失敗した」と落胆したが、実際はクラス平均より10点も高かった。歩生さんが亡くなる前、担当教諭と当時教頭の河西伸之副校長（53）はこんな言葉を交わしていた。

「よくできてる」

「答案を返したら、本人喜びますよ」

「保育」は、歩生さんが人生で最後に受けたテストとなった。教科担当の石川史子教諭は悲報を知り、解答用紙の余白に手書きのメッセージを残した。

「このテストが最後になるなんて想像もしませんでした。体調が優れない中、最後まで全力で取り組み最高得点を取るあなたを心から尊敬します」

１００点満点中、94点。１位だった。

〈メモ〉県立磐田北高の校舎１階の渡り廊下には、木製のスロープが設置されている。歩生さんが２年生の２学期に、車椅子で登校することが検討されていたため、スムーズに移動できるよう直前の２０２１年夏に取り付けた。母有希子さんが見守る中、教諭らが歩生さんを実際に車椅子に乗せ、階段を上り下りする方法を確認した。また磐田北高では２年生に進級すると、教室は別棟の上階に変わるが、歩生さんの負担を考慮し、２年生になってもそのまま１年生の教室が使える対応を取った。

――精いっぱいの18年　未来を信じ――

寺田歩生さんが亡くなったことは翌日の2021年10月14日、校内放送で全校生徒に知らされた。歩生さんは留年し、一つ上の学年にも友人がいたことや、歩生さんのために教室の配置を変えたことなどを踏まえた学校側の判断だった。

5限目の冒頭に伝え、そのまま授業に入る段取りだった。

歩生さんのクラスは国語の授業で、担任の杉山さやか教諭が教室にいた。

杉山教諭は自分の口から伝えようとしたが、こみ上げる感情を抑えられず、たまらず廊下に出た。訃報を知った多くの生徒たちは泣き崩れ、授業にならなかった。

通夜は、磐田市内で営まれた。コロナ禍でもあり、学校は、参列を個人の判断に委ねたが、会場は制服姿の生徒で埋め尽くされた。号泣し介抱される生徒、会場を離れられない生徒……。皆、突然の別れを受け入れられなかった。

通夜と対照的に、告別式は家族だけで執り行った。歩生さんと過ごした貴重な日々を振り返りながら、静かに最後の別れをした。

「私が死んだら、消えちゃわないようにちゃんと供養してね」

歩生さんはディズニー映画「リメンバー・ミー」が好きだった。現世で故人の存在を忘れると、死者の国でも消えてしまうというストーリーに自分を重ね生前、家族に冗談っぽく言った。

家族は、苦しい闘病を頑張った歩生さんへのありったけの思いを込めて、リメンバー・ミーの曲を告別式で流した。

中学2年の秋、右足に違和感を覚えたところから、4年に及ぶ闘病生活が始まった。中学3年では、右足に人工関節を入れる手術を行った。

それだけでも大きな決断だが、肺転移や右足の切断、留年といった、さらに厳しい局面が待ち構えていた。

歩生さんは、遠隔授業がまだ出席扱いにならなかった2度目の1年生の時、自力で学校に通い、進級を勝ち取った。左足しかなく、松葉づえで体を支えた。輸血を受けた3日後に登校したこともあった。

病気の見通しが厳しいことは、早い段階から分かっていた。「医療の限界を感じ、何もできない自分に怒りさえ感じていた」（父武

亡き娘への思いを語る寺田有希子さん。
「よく頑張ったね」と＝2024年2月中旬、磐田市内（浜松総局・山川侑哉）

彦さん）

それでも、卒業を目標に設定し、留年を選んでまで目指したのは、「歩生の未来を信じていた」からだった。

最後まで望みは捨てていなかった。

友達と楽しく青春を過ごして、恋をして、母になって——。

「私の残りの寿命をあげたかった。家族みんなの寿命も少しずつあげて、普通の人生を歩ませてあげたかった」。母有希子さん（54）は涙する。

夢は砕かれた。

だが、歩生さんは生きるとは何かを教えてくれた。家族は会葬礼状に歩生さんへの感謝の言葉をつづった。

〈心折れそうになりながら現実を受け入れ、精いっぱい生き抜いた十八年間でした。

あまりにも早すぎる別れに、寂しさと悔しさは拭えません。

しかし歩生は〝どんな場面でも希望を見失わずに生きることが命を全うすること〟と私達に教えてくれました。

幼い頃はお姉ちゃんの後ろをついてまわっていた歩生もいつの間にか大きくなって、近所の小さな子ども達の面倒をよく見てくれるお姉さんらしい一面も覗かせてくれました。

餃子作りをお願いすると快く引き受けてくれて、自分が苦しいときにも両親を気遣ってくれる優しい子でした。

歩生の温かな面影は私達の胸にしっかり刻まれています。

「歩生、よく頑張ったね」

そう声をかけたなら、いつものように照れ笑いをするのでしょうか。

弱音も口にせず精いっぱい歩んだ歩生は、私達家族の誇りです〉

〈メモ〉4年に及んだ寺田歩生さんの闘病生活。県内外の複数の病院にかかり、入院期間が1カ月以上になる時もあった。右足の切断など大きな手術も受けた。高額な治療費は、小児がんなどを対象にした国の小児慢性特定疾病対策や身体障害者手帳の取得、磐田市の小児・若年がん患者在宅療養生活支援事業などさまざまな制度が活用できたことで抑えられた。妹の闘病を支えた侑加さんは「歩生が病気になってはじめて社会に支えられていることを実感した」と感謝する。

第四章

恩師と姉

豆吉を抱っこする寺田歩生さん。自宅に迎えた日の翌朝の様子＝2020年2月、磐田市内

―教え子の姿　鮮明に―

自宅に残されている寺田歩生さんのスマートフォンには、限られた高校生活の中で記録した楽しそうな写真や動画がたくさん保存されている。

顔にアプリでユーモラスな加工を施して写した友達とのツーショット、体育祭の時に同級生とおそろいのＴシャツを着て踊り動画投稿アプリ「ＴｉｋＴｏｋ（ティックトック）」に上げた映像……。

国語の授業だろう。こんな画像もある。

「軍中以って楽を為す無し」

中国の歴史書「史記」に出てくる項羽と劉邦の名場面「鴻門之会」の一節を板書した黒板だ。

「成績は学年トップクラス。授業は真剣に聞いていた」

高校２年次の担任で、国語を受け持った杉山さやか教諭は、教え子の姿を鮮明に覚えている。

学校は、歩生さんが自宅で授業が受けられるようオンライン環境を整えた。スマートフォンに残る黒板の画像は、遠隔で授業を受けた時に自宅や病室で撮ったもの。休み時間になると、同級生がタブレット端末の前に集まり、画面越しに歩生さんに話しかけるのが日常だった。

杉山教諭が教室のどの生徒も答えられなかった質問を、画面を通じて歩生さんに投げかけたところ、答えが返ってきて教室がどよめいたこともあった。

「頑張り屋の歩生さんがクラスにとてもいい影響を与えてくれた。素敵な生徒に巡り会えたなって思っている」

杉山教諭は、歩生さんが闘病中に手作りし、亡くなった後に家族からもらったという白いビーズのアクセサリーを大切に持っている。


「先生、休んだら?」

当時の養護教諭増田紀子さん(46)＝現浜名高＝は、歩生さんから掛けられた言葉が忘れられない。

保健室に次々とやってくる生徒の対応に疲弊していると、気遣ってくれた。

右足がなく、高カロリー点滴を携えていた歩生さん。

「あなたの方がはるかにつらいはずなのに、どうしてそんなに人を思いやることができるの」

信じられないほどの優しさと強さに胸が詰まった。

「ありがとね」と短く返すのが精いっぱいだった。

増田さんは、歩生さんがいつも友達と女子高生らしい会話をし、友達もニコニコしていたのをよく覚えている。

「先生、学校生活続けたいから、何かあった時は助けてね」

「つらくなったら、いつでもおいで」

寺田歩生さんの思い出を語る当時の鈴木真人校長(中央)と河西伸之副校長(右)、杉山さやか教諭＝2023年12月、磐田北高

そんな会話も交わした。

「歩生は心が強い生徒だったけれど、信頼してくれていたから弱い部分も見せてくれたのかなと思う。歩生に関わったことで、養護教諭として何ができるのか、保健室はどんな場所であるべきなのか、考えさせられた。生き方を含め、学ぶことがたくさんあった」

増田さんは、歩生さんが2回目の1年生だった21年度、静岡大の教職大学院に進んだ。研究テーマは、学校における養護教諭の役割。歩生さんと接したことで、養護教諭には、支援を必要とする生徒が学校や教室に入っていけるようにするための重要な橋渡し役があると身をもって学んだからだ。

「先生、困った子がいたら、よろしくね」

そんな言葉を掛けられている気がしている。青い空の上から。

〈メモ〉寺田歩生さんが通った県立磐田北高は母や2人の姉も通った。県内の県立高では計4校しかない福祉科があり、学校全体（普通科・福祉科）としても医療や福祉、保育、教育関係への進学、就職が多い。小さな子どもが好きだった歩生さん（普通科）は、保育士になることが夢の一つだった。磐田北高はかつては女子校で、1999年に男女共学となった。2019年度に創立110年を迎え、磐田市内では磐田農業高に次いで歴史がある。

―「最後の旅行」心行くまで―

2人の姉は、妹のことが時々心配になった。歩生は友達がいるのだろうか……。

骨のがん「骨肉腫」で2021年秋に18歳で他界した寺田歩生さんは三姉妹の末っ子。闘病で学校にあまり通えず、本人から学校での話を聞くことは少なかった。

加えて、歩生さんは意思が明確で、医師や看護師に対しても嫌なものは嫌だとはっきり言った。姉たちがヒヤヒヤした経験は一度や二度ではなく、心配したのはある意味、自然だった。

そんな懸念は、歩生さんの通夜の時に見事に打ち破られた。

コロナ禍にもかかわらず、同級生が大勢参列し、目を真っ赤にしながら生前のエピソードをあふれるほど語ってくれた。

歩生さんが2回目の1年生だった時の級友杉田沙穂さん（19）は既に磐田北高校をやめて通信制の高校に行っていたが、出席してくれた。

「通信制高校に行き直してます。ちゃんとしなきゃと思えたのは歩生のおかげなんです」

顔をゆがめながら、歩生さんの父武彦さん（56）に打ち明けた。

「こんなに慕われていたんだ」

年が七つ離れた長女侑加さん（27）は泣けた。

歩生さんはディズニーが大好きだった。最初の高校1年だった19年8月22日。やりたいことをやれるうちにしようと、三姉妹で東京ディズニーシーに行き、遊び尽くしたのは色あせない思い出だ。

歩生さんの患部の右足が腫れ上がり、途中で歩けなくなって車椅子を使うほどだったが、おそろいの洋服を着てアトラクションを楽しみ、キャラクターと記念撮影し、スイーツをほおばった。

「効率よく回んないとね」

歩生さんの体にできるだけ負担がかからないよう、歩生さんが食べたいものや体験したいものを事前に選び、それに沿って行動した。

落下のスリルが味わえる「タワー・オブ・テラー」では、3人で絶叫した。

「かつらが取れなくてよかった」

地上に無事着いた後、歩生さんは自虐的な会話をして姉たちを笑わせた。

三姉妹で行った旅行としては、最後となった。

歩生さんは、夢の世界が好きな一面があるかと思えば、4年間の闘病中、涙らしい涙はほとんど見せない強さもあった。

寺田歩生さん（右）の闘病の合間を縫って三姉妹でディズニーシーへ。長女侑加さん（左）と次女季世さん=2019年8月（提供写真）

「中学の頃から『強いな』って感じるようになった。意思をバチバチに持って、嫌なものは嫌だみたいな」

次女季世さん（24）は、妹の変化を肌で感じた。

小学生の頃は、４歳上の季世さんの後ろをついて回る控えめな性格だった。ほんわかして、周りに流されるような感じだったという。

そうかと思えば、ひょうきんなところもあった。高校生の時だ。顔に白いペイントをして、自らを誇示するような動きを見せる動画が残されている。19年秋に日本で開催されたラグビーワールドカップ（W杯）で、強豪国が試合前に披露する儀式をまねたものだった。

病院のベッドの上で食べ物を一口食べ、「変顔」をしておいしさを表現した映像は、山ほどある。「おバカなことばかりしていた」。侑加さんは懐かしむ。

侑加さんと季世さんは23年９月、「歩生ちゃん人形」を持って、推し（好きなアイドル）のライブに出かけた。

自由に外出できない本人の代わりにと、母が歩生さんの生前に手作りした人形。

姉妹３人でおしゃべりしたり、たまにけんかしたりする夢はもうかなわない。けれど、かわいくて時々ハラハラさせるかけがえのない妹は、いつまでも姉２人の心の中に生きている。

〈メモ〉寺田歩生さんの闘病生活の後半は、コロナ禍と重なる。治療を受けていた国立がん研究センター（東京）に通院した際、病状の関係で即日入院となったものの、感染症対策のため本人しか病室に入ることができなかった。両親は通院の際、感染リスクを避けるため、公共交通機関をできるだけ使わず、慣れない首都高を車で走った。歩生さんが2回目の高校1年生だった2020年度は、春先に緊急事態宣言が出され、学校が一時休校になった。

第五章

学びの保障

リビングで勉強する寺田歩生さんをのぞく豆吉＝ 2020 年 3 月、磐田市内

―医教連携　生徒の懸け橋―

がんと闘いながら県立磐田北高に通った寺田歩生さんを校長として支えた鈴木真人さん（62）は2022年3月、磐田北高を最後に定年退職した。30年以上に及ぶ教員生活に区切りを付け、第2の人生に選んだ仕事は、やはり生徒にささげるものだった。

「生徒たちの様子が分かり、安心しました」

24年1月中旬、ＪＲ沼津駅前のビル。建物の中にある通信制高校つくば開成高沼津校を訪ねた鈴木さんは、自身が支援した生徒たちの近況を菊池基校長から聞き、笑顔を見せた。

鈴木さんは退職後、県教委の「医教連携コーディネーター」として、病気療養中の生徒の進路や学習を支援する活動をしている。生徒が学びと治療を両立できるよう家庭、医療機関、学校の間に入ってアドバイスする橋渡し役だ。

通信制の沼津校には、相談を受けた3人の生徒が通っている。いずれも血液のがんで、全日制の高校への進学が難しかったり、全日制の高校に進学したものの、長期欠席し進級できなかったりした生徒たち。鈴木さんが、入学後の様子を聞くのは初めてだった。

鈴木さんには、歩生さんとの関わりで苦い経験がある。

歩生さんが1回目の1年生だった19年冬、両親から遠隔授業の実施の要望を受けた。歩生さんは治療による欠席日数が増え、進級が危うくなっていた。遠隔授業は広島県では導入していて、両親には「静岡でも」との思いがあった　だが、静岡県教委は当時、遠隔授業の課題をまだ整理できておらず、鈴木さんは首を縦に振ることはできなかった。

歩生さんの欠席日数は増え、規定に基づき進級を認めない判断を下さざるを得なかった。

「今後、歩生と同じようなつらい思いをする生徒を出さないでください」

進級ができないと分かった直後、母有希子さん（54）の涙ながらの訴えは、鈴木さんの心にずしりと響いた。いつも気さくで、明るい有希子さんの姿を知っているだけに余計、こたえた。

「苦渋だった」とは言え、進級の道を閉ざした判断は重い十字架となった。

歩生さんが21年秋に他界した後も、ひっかかったままだった。

鈴木さんは退職後、県立こども病院（静岡市葵区）や浜松医科大付属病院（浜松市中央区）、県立静岡がんセンター（長泉町）の医師らでつくる「小児・AYA世代がん部会」の活動にボランティアで参加し始めた。

がん部会は、以前から遠隔授業の導入を県教委に働きかけるなど、長期療養する高校生の学びが保障できるよう熱心に活動していた。

こうした活動が実を結び、「医療」と「教育」をつなぐ存在の必要性を認識した県教委は22年8月、医教連携コーディネーターを創設した。

鈴木さんは県内唯一のコーディネーターで、この2年間で15件の支援に携わった。

県立こども病院の看護師加藤由香さんは「生徒や家庭、学校、病院それぞれの立場や気持ちが分かる鈴木先生の存在は大きい」と厚い信頼を寄せる。

「今は自分が関わらなくても順調に遠隔授業ができている事例の方が多い。現場の先生方は丁寧な対応をしている」

謙遜しながらも、鈴木さんは支援が必要な生徒のため県内各地を東奔西走している。

◇

寺田歩生さんの取り組みがきっかけとなり、病気療養する高校生への遠隔授業が県内に広まった。治療と学習の両立を支援する「医教連携コーディネーター」も誕生した。病気療養する生徒の学びの保障はどう変化したか、課題はないかを探る。

支援した生徒が通う通信制高校を訪ね、菊池基校長から近況を尋ねる鈴木真人さん（右）=2024年1月、沼津市内

〈メモ〉県教委が制度化した医教連携コーディネーターはまだ2年目だが、コーディネーターへの相談を通じて道が開けた生徒もいる。県東部の私立高在学中に白血病を発症した男子生徒は長期入院が必要になったが、学校は遠隔授業を行っておらず進級が厳しい状況に置かれた。入院先の病院を通じて紹介を受けたコーディネーターの鈴木真人さんに相談し、治療と学業の両立のしやすさから通信制高校に転学した。新年度、必要単位を取得すれば、元々の同級生と同じタイミングで卒業できる。母親は「夢をかなえるための看護専門学校にも進める」と感謝する。

広がる遠隔授業　治療と並走

２０２４年1月上旬、病気療養中の生徒への学習支援を検討するワーキンググループ（ＷＧ）の会合が県庁で開かれた。小児がん拠点病院の県立こども病院（静岡市葵区）や浜松医科大付属病院（浜松市中央区）、県立がんセンター（長泉町）、県教委のメンバーが、学習支援に関する実績の情報交換や課題の話し合いを行った。

県立高では、出席扱いされるようになった遠隔授業を初年度の22年度は14人、翌23年度は16人が利用した。「利用件数は全国最多レベルとみられる」。県教委の担当者が報告すると、出席者は着実な広がりを実感するようにうなずいた。

遠隔授業は、さまざまな効果をもたらしている。

県中部の県立高では22年度、１年生の生徒１人が利用した。高校によると、生徒は入学したばかりで友達もまだあまりいなかったが、休み時間に中学時代からの友人と画面越しに談笑し、ほかの友達にも輪が広がっていったという。

「学びを止めることなく、孤独感も癒やされたようだった」（同校の担当者）

県西部の県立高では23年度、３年生の生徒がほぼ毎日、遠隔授業を受け、無事単位を取得して卒業を果たした。

中学３年で病気を発症し入院が必要になったものの、病院に併設された院内学級には転籍せず、中学校に在籍しながら遠隔で授業を受け、高校進学した生徒もいた。

ＷＧメンバーで、歩生さんの診療にも当たった浜松医科大付属病院の坂口公祥医師（45）＝小児科＝は「がん治療は長期間に及ぶ。日常生活を送りながら治療することは十分可能だ」と語る。

ＷＧを構成している病院では、入院中も日中は学校に行けるよう配慮したり、抗がん剤投与など連続して数日かかる治療を行う時は定期テストに重ならないよう日程を組んだりと、さまざまな工夫を以前からしてきた。

治療を優先する必要があり学校を欠席する場合は、補習でカバーできないか学校側に働きかけることもあった。

ただ、多くの学校はそうした体制が取られておらず、生徒が出席日数や履修単位の不足で進級できなくなるケースが後を絶たなかったという。

「泣く泣く留年や学校を去った生徒がたくさんいた」と坂口医師は語る。

県内の私立高1年の時に急性リンパ性白血病が再発した女性（20）はその一人。休学、留年を経て卒業し、現在は定期

病気療養中の生徒への学習支援に関する実績や課題が話し合われたワーキンググループ＝2024年1月、県庁

的に通院しながら、愛知県内の大学に通う。「今ではいい経験になったと思えるが、当時はつらい思いもあった」と語る。

この女性をはじめ、多くの若いがん患者に向き合ってきた県立こども病院の看護師加藤由香さんは「学校に行けなくても、自分も仲間の一人であるという関係性を感じられることが大事。治療と社会性、教育を並走させることができるのが遠隔授業の最大のメリット」と意義を強調する。

坂口医師は「大人は闘病と仕事を両立させるのが一般的になっている。高校生にとってもそれは同じ。高校生活は3年間しかなくとても貴重で、学びと治療を同時並行させることが大事になる」と語る。

〈メモ〉県立磐田北高が、2年生に進級した寺田歩生さんへの遠隔授業を出席扱いする運用を始めた2021年度、静岡市内の県立高2年だった望月奈々さん（20）も遠隔で授業を受けた。病気で県立こども病院に入院していた。当時は遠隔授業の出席扱いに関する県教委の指針がなく、望月さんは単位が認定されない〝試行〟だった。それでも望月さんは「入院中は1日が長く、学校の様子が気になった。授業を受けられるだけでありがたかったし、治療を受ける自分の活力にもなった」と振り返る。課題提出などもこなし無事卒業、静岡市内の会社に就職した。

―残された課題　届かぬ支援―

寺田歩生さんの挑戦がきっかけとなって、県内の県立高で導入された療養中の生徒への遠隔授業。制度化されて2年目の2023年度には利用件数16件と全国最多レベルとなった。

当初、遠隔授業が出席扱いと認められず留年を余儀なくされた歩生さん。「同じようなつらい思いをする生徒を出さないで」という母有希子さん（54）の願いは、着実に実を結んでいる。ただ、課題がないわけではない。

「出席扱いにはならない」

県中部の県立高に長女るいさん（仮名）が通う母親は昨年、学校からそう告げられた。消化器系の難病を患い、頭痛や体調不良で毎日登校することができなくなった。進級できない可能性が出てくることへの焦り。遠隔授業の実施を求めたが、期待した返事はもらえなかった。

母親は、インターネットでも手がかりを探した。見つけた情報は入院中の生徒しか対象にならないように読めた。るいさんは自宅療養していた。

県教委高校教育課の担当者は、遠隔授業の実施について「最終的には各学校の判断」としつつ、「入院していなくても、自宅療養が必要と医師から診断された場合なども対象となる」と説明する。こうした県教委の方針が学校現場に十分浸透していない課題が浮かぶ。

県教委は、病気療養する生徒の治療と学びを両立させようと「医教連携コーディネーター」を創設した。立ち上げから2年しか経っていないこともあってか、るいさんにつながっていない。治療を受けている病院からも、学校からもコーディネーターに関する情報はなかったという。

るいさんは最終的にはぎりぎりで進級できたが、母親は「日々の体調管理や治療のことで家族も本人も頭はいっぱいいっぱい。自分たちで取りにいかなければ支援の情報が得られないのではなく、行政や教育現場の側から与えてほしい」と訴える。

遠隔授業の実施について県立高には県教委が定めた指針がある一方、私立高は各校の判断に委ねられている問題もある。県東部の男子生徒は、1年次に白血病を発症し、治療や入院のため学校を長期間休んだ。学校に遠隔授業の制度がなく、進級できない水準まで欠席日数が累積し、1年間休学して治療に専念するか、転学するかを迫られた。

生徒は、治療を受けている病院を通じてコーディネーターの鈴木真人さん（62）につながり、助言を受けて通信制高校に転学した。鈴木さんは「コーディネーターは県教委の制度

学習支援の情報の乏しさを訴えるるいさん（仮名）の母親＝県内（写真の一部を加工しています）

なので、県立高であれば高校にいろいろ話を聞いたり働きかけたりできるが、県教委と所管が違う私立高校の場合は難しい」と語る。

県中部の私立高1年時に白血病を患い、留年を経験した大学生の女性（20）は「公立であっても私立であっても、病気療養で学校に行けない高校生が平等に教育を受けられるようにしてほしい」と切望する。

〈メモ〉病気療養する生徒への学習支援については、中学と高校の接続時の課題もある。義務教育の中学では、入院先の病院の「院内学級」に転籍し学習が継続できる仕組みが制度化されているが、例えば、高校受験を控えた時期に発症した場合、院内学級よりも慣れ親しんだ中学に在籍しながら遠隔授業を受けた方が負担は少ないことが想定される。ただ、中学校側は、院内学級が用意されている以上、遠隔授業を実施することに、消極的になりがちな面がある。医教連携コーディネーターの鈴木真人さんは「それぞれ立場があり、一概に何がいいとは言いにくい。少しずつ課題を共有しながら整理していくことが必要」と指摘する。

終章

遺したもの

リビングでお昼寝する寺田歩生さんと
豆吉＝2020年4月、磐田市内

―友と恩師　闘い学んだ姿―

ピンク色のリボンがかかった亡き友の遺影に、２人の女性は静かに手を合わせた。最初こそ緊張した雰囲気が漂ったが、２人が高校時代の友とのエピソードを明かし始めると、家の中はなごやかな空気に包まれた。

県立磐田北高校で寺田歩生さんと同級生だった杉田沙穂さん（19）＝浜松市中央区＝と増井由貴さん（19）＝同＝が2023年末、磐田市内の歩生さん宅を訪ねた。２人は、歩生さんが２度目の1年生の時の友人で、訪問には、当時の養護教諭増田紀子さん（46）も同席した。

３人が歩生さんに〝会う〟のは、21年10月の他界以来、初めてだった。

がん闘病の傍ら懸命に学校に通っていた歩生さんは、増田教諭のいる保健室をよく訪れた。仲が良かった沙穂さんが、保健室にたびたび付き添ったことを話すと、増田教諭は「それは沙穂が授業を休みたかったというのもあるよね」とツッコミを入れた。

「うん、体調良くても休んでた。歩生と真逆でごめんなさい」

正直な沙穂さんの「告白」に、室内に笑いが起きた。

クラスで歩生さんと席が近かった由貴さんは、歩生さんが授業中にポケットにしのばせたあめ玉をこっそりくれたり、２人で歩生さんの牛の形をした布製の筆箱をいじって遊んだりしていたと、懐かしんだ。

初めて聞く娘の何気ない日常や女子高生らしい一面。父武彦さん（56）と母有希子さん（54）

は目を細めながら耳を傾けた。

帰り際、「学校での様子が分かって、本当によかった」と感謝した有希子さんに、沙穂さんらは「また遊びに来ていいですか」と深々と頭を下げた。


「歩生さんのことは、今でも折に触れて思い出します」

保育の教科を教えた磐田北高の石川史子教諭は、歩生さんが他界して2年がたつ今も、たびたび同僚と彼女のことを語り、感傷的になる。

石川教諭は、歩生さんが2年生の時に初めて授業を受け持った。

保育は歩生さんが亡くなる前日にテストを受け、臨んだ生徒の中で最高得点だった科目。

「私も大病を患い、仕事を休まざるを得ない時期があった。歩生さんは苦しい中で頑張って最高得点を取ったと思うと、胸が締め

寺田歩生さん宅で思い出を語る（右から）増井由貴さん、杉田沙穂さん、増田紀子さん=2023年12月、磐田市内

付けられて……」

答案用紙の隅に「あなたに恥じない生き方をしたい」と手書きのメッセージを残した心境をそう明かす。

石川教諭は、その答案用紙や歩生さんのほかの提出物をコピーして大事にしまっている。

「ノートをきれいに取ったり、課題をきちんとこなしたりして、大変な頑張り屋さんだと思っていた。でも、これほど過酷な状態だったということは、亡くなるまで知らなかった。私は、何も分かっていなかった」

そう言って、声を震わせた。

「すごい先輩がいたんだよ」

歩生さんが所属した生活文化部の顧問でもある石川教諭は、学校の行事で歩生さんを紹介するなど、いつか、自慢の教え子のことを生徒に伝えたいと思っている。

◇

寺田家では、出席日数不足で進級できないことが分かった時、通信制高校への転学や退学して自宅療養に専念する道は選ばなかった。家族で真剣に話し合い、留年してでも学校にとどまったのは、居場所や、それまでに築いた人・社会とのつながりを大切にしようと決めたからだった。

当時の決断は正しかったのか——。

本人に確かめる機会は失われたが、答えは出ているのだろう。

4年間のがん闘病の末、2021年10月に他界した寺田歩生さんは、卒業を夢見て高校生活を全力で生きた。友人や恩師、そして家族に遺したものをたどる。

〈メモ〉寺田歩生さんが亡くなった時、多くの同級生が手紙を寄せた。クラスメートの女子生徒は「涙が止まりません。つらいこともあったと思うけど、一切みせないあゆみはすごいと思うよ。カッコイイよ」とつづった。歩生さんへの遠隔授業で教室側の端末の操作を任された女子生徒は「いねむりしちゃって、たまに（端末の）向き変えれなくて、いつも歩生ちゃんがマイクONにして気付かせてくれたよね。おかげで先生に怒られなくてすんだことも何回もあったよ!!」と語りかけた。ほかの生徒も「リモートを通して元気な姿が見られてとってもうれしかった」「ずっと忘れないよ」と別れを惜しんだ。

寺田歩生さんに寄せられた
同級生からの手紙

―支えた母　夢でも会いたい―

寺田歩生さんの母有希子さん（54）は、4年間に及んだ歩生さんの闘病を支えた。思うように治療の効果が上がらず、焦りや悔しさを感じた日々。救いになったのは、歩生さんのユニークな言動や、闘病中に迎えた愛犬「豆吉」の存在だった。

「家族で笑い合っていると、重い心を忘れることができた」

有希子さんにとって、周囲の人々の優しさや思いやりが支えになった。今も、自宅やお墓を訪ねてくれるなど心に留めてくれる友人や教師がいる。

歩生さんが通った県立磐田北高は、遠隔授業の導入に尽力してくれた。遠隔授業は県内の県立高に広がった。歩生さんの取り組みが大きな足跡となった。

「皆さんの応援が力になった。感謝しきれない」

一方、最愛の娘を失った喪失感もまた、家族に残されたものだ。

２０２３年11月に磐田市内の寺で歩生さんの三回忌が執り行われ、親族が集まった。

住職は読経後、参列者に話をした。

「各地を行脚する修行僧のことを『雲水』と言います。私も以前、そうでした。雲水は、雲や水のように新たな場所を求めて動きなさいという戒めからきています。ずっと同じところにとどまっていてはいけません。１カ月前、１年前とは違う姿を仏様に見せるようにして下さい。幸いにも生かされているのだから、前に進んでいることを報告する、それが供養になるのです」

耳を傾けた有希子さんは、そっと目元を拭った。

「きっと、とどまったままだからでしょう。踏み出さないといけないって思っているけれど、できない自分がいて」

涙の理由を後日、明かした。

磐田北高校の教諭をはじめ有希子さんに接した人々は皆、「明るく、気さくなお母さん」と評するが、心には大きな穴が開いたままだ。

「歩生と関わった時間が長い分、整理しきれていないのだと思う」

長女侑加さん（27）は、おもんぱかる。


後悔――。

有希子さんには、歩生さんの最期を巡って、そんな思いがある。

かかりつけ医とは「延命治療はしない」と決めていた。静かに逝かせてあげるつもりだったが、歩生さんが間際に息苦しさを訴えた時、侑加さんとともにとっさに119番し、救命措置を施した。

苦しんでいる娘の姿をみて、助けること以外考えられなかった。

「抱きしめて、私の腕の中で逝かせてあげたかったのにできなかった……」と声を震わせる。

「後悔のない最期を迎えてほしい。その瞬間をどうするか、家族で話し合ってほしい」。同じ境遇にある人々への、有希子さんの切なる願いだ。

有希子さんは、歩生さんにいつでも帰ってきてほしいと願っている。仏前には、歩生さんの好物のネギトロを供えている。生ものは好ましくないのは承知の上で。

父武彦さん（56）は、歩生さんの夢をよく見る。つい最近は、小学生の頃の姿で友達と一緒に病院のプールで遊んでいた。

有希子さんのもとには、まだ現れていない。母は待っている。

「あゆ、夢の中でいいから会いたいよ」

〈メモ〉病気で長期療養している高校生の学習支援について、歩生さんの母有希子さんは、まずは県教委と学校が連携し、療養する生徒の実態把握をしてほしいと願う。県教委は、病気療養し遠隔授業を受けている生徒については報告を受けているが、遠隔授業を受けていない生徒については把握していない。県中部の県立高で2月、病気で自宅療養している生徒が遠隔授業を受けられていなかったことが取材で判明した。学校側の説明が不十分で、生徒と家族は遠隔授業のことを知らなかった。有希子さんは「教育が受けられず悲しい思いをする生徒を出さないでほしい。療養が必要な生徒の把握はその第一歩だと思う」と話す。

2度目の高校1年生の頃の寺田歩生さん（友人提供）

―家族の今　歩生誇りに―

寺田歩生さんの2人の姉も、献身的に歩生さんを支えた。その経験は、それぞれの人生に大きな影響を及ぼした。

長女侑加さん（27）＝磐田市＝は、市内の福祉施設で働く傍ら、社会福祉士の資格取得を目指している。福祉や医療に関する相談、橋渡し役などを担う社会福祉士は、主に高齢者施設や障害者施設で働くことが多いが、侑加さんは医療機関で患者やその家族をサポートしたいと考えている。

歩生さんが東京の病院で治療を受ける際に付き添った時の経験が大きい。一時滞在した、がん患者と家族のための施設「ペアレンツハウス」で、患者だけでなく、家族にも心を配る社会福祉士のプロ意識に感銘を受けた。

病院から帰ってくると、毎日のように「今日はどうでしたか」「お姉さんは大丈夫ですか」と声をかけてくれたという。

「なんで私の体調を気遣ってくれるんだろう」

ある日、尋ねると、患者を支える家族も知らず知らずのうちに大きなストレスを抱えることがあるからだと教えてくれた。

「目からウロコだった。私もサポートを受ける存在だったんだと実感した。自分でも勉強するうちに家族への支援、特に幼いきょうだいのケアの大事さを知った」

そんな思いから、がん患者のきょうだいを支援する活動に関わりたいとの夢を抱く。

侑加さんは歩生さんが亡くなった日、自宅の歩生さんのベッドの下にテスト勉強用のプリントが1枚落ちているのを見つけた。その日は2学期中間試験の最終日だった。

「最後の最後までテストを受ける気でいたと思う。死ぬ前に好きな事だけして過ごせれば幸せかと問われれば、歩生は『別にそんなことない』と答えると思う」

「勉強して、学生でいることこそが、歩生の〝JK（女子高生）〟でいる幸せだったのではないか」

いつも明るく、意志が強い七つ下の妹を誇りに思い、「自分も頑張らないと」と自らに言い聞かせている。

もう一人の姉、次女季世さん（24）は、パーキンソン病など神経難病の患者を対象にした県内の医療機関で理学療法士として働いている。回復の見込みが困難な患者の生活の質を上げるためのサポートが主な仕事だ。

理学療法士は、歩生さんが病気になる前から目指していたが、難病患者施設への就職を決めたのは、妹の存在が大きい。

「元々は急性期の病院で経験を積んだ方がいいかなと思って、就職活動していた。10月に歩生が亡くなり、終末期のケアに携わろうと進路を変えた」

季世さんは子どもの頃から面倒見がよかった。歩生さんとお菓子を分け合ったり、毎日のように一緒に遊んだりした。歩生さんが近所の子とトラブルになった時、守ってあげたことも。
「あゆ（歩生）の辛い闘病と比べたら、仕事なんてへっちゃらだから頑張ろうって思える」（季世さん）
今は、歩生さんが支えになっている。

父武彦さん（56）は、三人娘の末っ子のことを思い出しては涙している。

「パパ、また泣いてる」

妻や娘たちから、からかいも受ける。

「歩生と関わった方々には感謝でいっぱい。学校には満足に通えなかったが、留年したおかげで友達は倍いて、青春と呼べる思い出ができたのではないか」

時間がたち、少し冷静に見られるようになった。

「病気になったり、学校に行けなかったりしても下を向くことなく、夢や希望に向かって挑戦してほしい」と若い人たちにエールを送る。


寺田家では、歩生さんが病気になる前から「困っている家族がいたらみんなで助けよう」「1人だけ泣くことはナシだよ」ということをモットーにしていた。その約束通り、全員で闘った。母有希子さん（54）の悲しみは深いが、これからも家族で支え合っていくのだろう。心配はない。

皆の心の中には、どんな逆境もはね返した歩生が生きているのだから。

〈メモ〉寺田歩生さんの友人たちは、それぞれの道を歩んでいる。中学が一緒で大阪府内の大学に進学した秋田莉沙さん（20）は2月、オランダに留学した。コミュニケーション学を学び、各国の人々と交流している。中学と高校が同じ高橋愛梨さん（20）は作業療法士を目指し、大学で勉学に励む。同じく中高を共に過ごした伝野伶菜さん（20）は、看護師を夢見て看護学校に通う。2度目の1年生の時の同級生杉田沙穂さん（19）は結婚し1児の母、増井由貴さん（19）は地元の団体職員になった。歩生さんの母有希子さんは「若い命、人生を大切に生きてほしい。陰ながら応援している」と話す。

中学の時からの友人に囲まれポーズを取る磐田北高時代の歩生さん（中央）＝友人提供

歩生さんの日記

歩生さんは中学2年の秋、聖隷浜松病院（浜松市中央区）で抗がん剤治療を始めたのを機に、家族と日記を書き始めた。骨肉腫の診断を受けた直後で、治療は心身ともにきついものに違いなかったが、日記は時に絵文字を交えながら、高校1年の冬まで、3年近くにわたってつづられた。そこには歩生さんの素顔、心の声が記されている。

（日記は一部抜粋、各日のタイトルは記者がつけました）


【日記初日】

（2017年）10月23日
昨日　日記帳を買いました。

今日から毎日、何でもいいので記帳していきます。

10月21日（金）の夜と10月22日（土）の夜
外泊をしました。

10月23日（日）の夜
家族と一緒にさわやかのハンバーグを食べました。

体調の良い時に食べれたのでとてもおいしく食べました。げんこつハンバーグ250gです。

その後、吐いてしまうこともなく、ちゃんと身になったかな。

昨晩、病室に戻り、再び点滴開始です。

今日から、再び強い薬を入れていきます。

お腹は痛くない　頭痛がある。

段々と吐き気が出てきた。

髪が少ずつ抜けてくる気がする。

＊

今日の午前中、退院した同室患者さんより頂いたLaQ（ラキュー）ペンギンを組み立て直して別バージョンのを作りました。他の動物のをやってみたいです。

（代筆：ママ）


【抗がん剤治療2クール3日目】

10月24日（火）

キモチワルイ。キモチワルイ。キモチワルイ。

今日はずっと寝てたよ。キモチワルイ。侑加ちゃんが来たよ。

キモチワルイ。焼きうどんもっと沢山食べたかった……。

でもキモチワルイ。キモチワルイ。隣の人のイビキうるさい。

いやよーん。（笑）髪の毛が抜けてきた。（マジックキングダムのゲームをやってごきげんになった。リトルグリーンメンがかわいい。宝箱をみつけた。）

（ディズニーランドの待ち時間をみてる）

ディズニー行きた～い♡スペースマウンテン・バズ・ハニーハントに乗りたい。

シーだったらタワテラ・センターオブジアース・アクアトピア・インディージョーンズ・マーメイドラグーンシアター・マジックランプシアター・ジャスミンのカーペット、乗りたいい！あと、犬を飼いたいなあ。（体温：37・3℃）

（代筆：ゆうか）


【髪が抜け始める】

10月25日（水）雨
キモチワルイ。今日は朝の果物とゼリーを食べただけで、他は何も食べられませんでした。

水分のポカリスエットだけです。

点滴は変わらず左鎖骨より入れています。

11時から14時の間で強い薬を入れています。

途中　吐き気があり、1回吐いてしまいました。

髪が択山抜け出して、拾いきれません。

ゴミ箱にも沢山です。

病院側で、コロコロを持ってきてくれました。

時々、髪が束になって抜けてきます。

キャップ帽やバンダナなどを考えなければね。


唇の皮がむけてきました。リップクリームを塗っています。

明日は、シャワー浴の予定です。

左肘の内側にブツブツができてしまいました。

キンダベート軟膏がでました。

井上先生は2日に1回程、訪室してくれます。

先生は、どう？　と聞いてくれます。

元気です！　と答えます。

【つらい採血】
11月1日（水）
朝、採血があった。今日はなんと10回もされた↓
マジ　さいあく。
モー、マジ痛かった。
最初の1人目で、4回
　2人目で、1回
　3人目で、1回
　4人目で、2回
　5人目で、2回。
マジで、死ぬ。
でも、オムライスパワーでがんばったよ。
はやくオムライス食べたーい。
白血球が増えて、外泊許可がでたよ。
イェーイ。

隣のおばさんのいびきがうるさい、

【外泊したい！】
11月4日（土）
白血球の数が少なくて外泊ができなかった。
クソー。
べつに外にはでないんだから　いいじゃないか。
次は、ぜったいに外泊する!!
待ってろよー。家
すぐ、いくからな――。
待ってろよ――。

【姉季世さん　試験合格】
11月17日（金）
採血があった。3回やった。
もー、なんかなれた？ｗｗ
外泊は、無理だよねー。
やっぱり、無理だった。
ガビ――ン⤵⤵
季世ちゃんの試験の結果が気になる。
どうかなー？
ママが来た。
ママが飛びはねて、言った。
「きよちゃん、試験受かったよー。」

って。イェ――イ　よかった、よかった。
おめおめー。
寿司、食べたい。
今日はいっぱい勉強したよ。
疲れたぜー。友達に手紙も書いたよ。

【勉強　頑張っています】
11月18日（土）
今日は、なんか朝から勉強中。
もー、はやく教材なんとかしなくちゃー
メンチカツパンがすごくおいしい。
満足!!
再び、勉強!!
友達2人が来てくれたよ
うれしい。学校はどうかとか
いろいろ話せたよ。　楽しかった。
ゆうかちゃんと知らないおじさんが来たよん
ちらし寿司を食べた。けっこう、うまいけど
パスタが食べたい。
果物と野菜を食べた。
明日は塩マーボーがいいと言った。
今日は、ママは文教のためいない。
残念ですが。明日、がんばってね。
ママに正式なお休みをあげたい。

月、木がお休みです。
Youtubeが見たい!!

朝ごはん。
カレーパンがおいしかった。
11月23日（木）
【磐田北高　目指す】
暇です。
外泊したいです。
チャレンジ、早くこないかなー。
がんばって勉強して、
みんなを見かえすんだもん。
北高に行けるようにがんばります。
レバーを食べたよ。
明日の採血は、上がっているといいな。
ぎょうざをもってきてくれた。
めちゃうま。

【外泊が決まる　ヤッター】
11月24日（金）
採血があった。
レバーも食べたから、上がっていてほしい。
朝ごはん　おいしかった。ハムたまごぱんｗｗ

速報です!!
なんとなんとですね。
私、寺田歩生は、今日から、
外泊可能になりました――。
ヤッタ――――――。
めっちゃ　うれしい♡お寿司食べに行っていいかな？
ばぁばの家　行っていいかな？
ママの反応が楽しみです。ククク。

【姉侑加さんの誕生日】
12月7日（木）
よく寝られました。
やっぱり、家は最高!!
テレビを見て、ゆっくりしました。
お昼はピザ
めっちゃ、おいしかった。
幸せ――――――――――。

ゆうかちゃんのたん生日会をやったよ。
プレゼントを忘れていた。
手紙もない。
ごめんね。

とりあえず、21さい　おめでとう。
ゆうかちゃんに彼氏ができますように。

【勉強やばい】
12月10日（日）
やっぱり、家は最高だね。
いつか私も退院したい。
がんばりやす。
午前中は、テレビを見たよ。
勉強しなくちゃ。
まじでやばい。
午後は1回病院へ。
フラッシュって大変。
めんどくさい。
一番疲れているのはママだよね。
ごめんね。
本当に、ありがとう。
夜、病院へ帰宅。

【近づく修学旅行】
12月12日（水）
いい朝。家は、最高でーす。
今日は、14時に戻りまーす。

早く治療を進めていかないと
修学旅行に行けなくなっちゃう。
いそげ――。
あの豪華なホテルに泊まるんだ――――。
夜ごはんは、ママが作ってくれた焼きうどん。
イェ――イ。
とっても　おいしい。
ありがとう　ママ。
愛してるよ♡ｗｗ

【クラスメートからの千羽鶴】
12月14日（木）
ママの仕事が終わり、14時頃　フラッシュのため
病院を訪問。本日20時帰院の予定だが、再び帰宅。
歩生は、久しぶりに学校訪問。
部活動に顔を出す。
その後、牧野先生とお話。
クラスの皆が折ってくれた千羽鶴。
ありがたくて、感動。
卓球、楽しかった。
学校、教材の整理と対策を先生に見てもらった。
季世の時に使ったものです。使えるとのこと。
よかった。ノートは記入してしまってあるので使え

ませんが　本体は、きれいで使えます。
きれいに使ってくれた　お姉ちゃんのお陰だね。
注文していたジグソーパズルが届きました。
早速、18時頃、友達の家に届けました。
お手紙と共に、歩生からのクリスマスプレゼントです。
その後、夕食を食べ、再び病院へ。
忙しい1日でしたね。
お疲れ様。皆に会えてよかったね。

（代筆：ママ）

【クリスマス・イブ】
12月24日（日）
今日は、きよちゃんもゆうかちゃんも来てくれる。
クリスマスだねー。
白血球はまだ上がらない。
外泊は無理だね。
きよちゃんたちが来た。
大きなお肉をもってきてくれた。
めっちゃデカい。
チキ————ン。
おいしかった。

【治療、思うように進まず】
12月29日（金）
10時から、井上Drよりムンテラ。
パパ、ママ、歩生で聞いた。
今までの経過と、12／28のMRIの結果を聞いた。
当所はH30 3月いっぱいの治療だったが
思うように治療が進んでいない。
1年程かかるかもしれないとのこと。
とすると、9月か……。長い療養になりそう。
勉強のことも、何とかしなければならない。
白血球が注射のおかげで2万まで上っている。
年末年始2日まで外泊可となりました。
毎日のCVのフラッシュは来ないといけない。
明日の餅つきには行けそうです。
バーバが歩生を見て何て言うかな？
とりあえず、帰宅できることに感謝する。

（代筆：ママ）

【元日】
H30 1月1日（月）
あけまして　おめでとう　ございます　✧
Happy New Year!!
わんわんわん♡戌年

【ウイッグ　前髪は―】

1月10日（水）

11：30に病院でフラッシュをして、12：30の予約でアデランスへ……。

人工毛と人毛と半々のウイッグ。長髪のもの……を実さいに装着し、好みの長さにカットしてもらった。

前髪は〝アシメ〟に……。

後ろは、肩につくかつかないぐらいに。

本当によくできている。アデランスの技術に脱帽です。

歩生の髪は、前と頭頂部は、すっかりなくなって後頭部にわずかとなった。

ウイッグの長さにあわせ　後ろの髪をカットする。

次回は1／26（金）にアデランスを訪問する。

今度は、ウイッグの手入れ方法を教えてもらう予定です。

（代筆：ママ）

【母　進学の不安】
1月12日（金）
外泊中。家で少し勉強しながらのんびり過ごしている。
歩生の進路について。不安が募る……。
進級、進学について……。

この頃、外泊し積極的な治療はしていない。

そちらも、気をもむが、外泊可ということは白血球に問題はないようだが、少し休そくすることで歩生の体の回復を待つとともに、変化するのではないかと経過を探っているらしい。結果（検査の）が悪くならないか。

常に貧血と白血球が下がる傾向にあるので、鉄分のヨーグルトを毎日食べている。

食が細い。沢山は一度に食べられない。

おなかの空いた時には、食べるように勧めている。

（代筆：ママ）

【母の誕生日】
1月25日（木）
今日は、木曜日　1週間があっというまに過ぎてゆきます。
変わらず、歩生は、嘔気に悩まされている。
今日は、17時までに6回吐いてしまった。
昨日よりは、少し減ったか…。
水分もあまり摂れない。尿量も少なめ。
今日はママの誕生日なり。
お祝は、歩生の帰った日にね。

頑張って数学を少しと社会を勉強しました。
外泊の許可がおりました。
しかし、嘔気があるため、帰宅したくないと…。検討です。
明日は、ウイッグの日です。
今日は、今から帰ります。
部屋移動の件（1／19に課長にお願い大部屋希望）
竹山ＮＳに確認中。

（代筆：ママ）


【治療が停滞　焦燥感】

2月に入ってから、歩生の体調の回復を待ってなかなか治療に入れていない。

採血をしては、外泊をする　繰り返し。

嘔気もなく、食欲もあり、外泊できるのだから嬉しい限り。

しかし、治療は進んでいない。

2～3日、いや、もう5日くらいになるか…

患部の腫れと痛みを訴えだした。

悪化？　進行したの？

足踏みせず　どんどん進めたい治療。

また、心配の種が増えた…。

昨日、帰院し、点滴が始まった。


今日から、抗ガン剤を入れている。

また、7日間、嘔気との戦いです。

2月の上旬より個室に移動し、今だ個室。

1人の心細さもあるのか、今日は早くから来てほしいとＴＥＬがあった。ヒルから来院。嘔気はまだ軽い。

厳しくなる症状に負けないで、頑張ろう!!

今日は、頑張って理科を勉強したよ。


（代筆：ママ）

家族の手記

連載記事の書籍化にあたり、
寺田歩生さんのご両親の武彦さん、
有希子さんが手記を寄せてくれました。

あゆへ
笑わないでね。
あなたが保育園で使っていた色あせたお手拭きタオルはいまだ捨てられないまま。家の中のものは何一つ変わっていないのに、あなただけがいないことが、より寂しく感じられます。我が家には思い出がいっぱい詰まっています。そして私たちの心の中にも。
あなたの軌跡を、勇気を持って本にしました。たくさんの人に届くといいね。

◇

2021年10月13日、私たちの愛娘・歩生は18年の生涯を閉じました。中2の秋、右膝の骨肉腫と診断され、4年に及ぶ闘病生活はまさに怒濤の日々でした。抗がん剤治療、3回の手術、放射線治療、高校受験、留年……。私たち家族は、次々と起こる問題に自らを鼓舞して向かいますが、心が折れて幾度も涙しました。

歩生は、医師から直接がん告知を受けました。彼女は黙って話を聞いていました。いつも冷静な子でしたが、心の中で本当は何を思っていたのか……。私たちは核心をついた質問を彼女に投げかける勇気はありませんでした。ただ、彼女が泣き言を言わずに一日一日を精いっぱい生きる姿を見せてくれるだけで、十分な答えと感じていました。

無事高校進学を果たしたのも束の間、治療や長期入院での欠席に伴う単位不足から2年生への進級が危ぶまれました。そんな折、遠隔授業を受けられることになり、それが希望の光に思えました。最期まで生きることを諦めない。治療し学校に行き続ける。それは、彼女にとって自分の未来を信じる事であり、私たち家族もそう信じていました。

彼女が留年を決断したのは、学校という自分の居場所の確保とともに、前例のない遠隔教育を始めるためでした。当初、迷っていた彼女に「今、単位は認められなくとも、あなたが遠隔授業を始める事で、同じような立場の子の助けになるかもしれないよ」と声を掛けました。

「私は単位取れないのに、それって意味あるの？」

「でもそれは、あなたにしかできないことだと思うよ」

そんな会話をしました。多くを語らない子でしたが、〝残された時間をどう生きるべきか〟彼女なりに真剣に考えていたのだろうと思います。

留年し、2回目の1年生の入学式。片足がなく松葉杖でも、平気な顔をして年下の同級生に交じる姿に、頑張ってほしいと思う反面「厳しすぎる選択をさせてしまったのではないか?」という思いにもなりました。学校生活では、クラスメートが快く荷物を持ってくれたり、教室移動に同行してくれたりしました。身体の不自由な歩生の存在を受け入れ、自然に接してくれている事に親として安心しました。

先生方も、歩生が快適に授業を受けられるよう様々な工夫をしてくださいました。従来、体育の授業は一人教室でレポートを書いていたのですが、遠隔授業で見学ができるようにポケットWiFiを導入してくださったのです。また、出席日数だけが足りず成績が付かない教科に対して、担当教員に評価を聞いてまわり、仮の成績表を作ってくれた担任の先生。歩生のモチベーションが下がらないよう、最大限の配慮をしてくださいました。その他、多くの方々に数えきれないほどのお力添えをして頂きました。何より、歩生を理解し応援してくださる方々の思いが歩生や私たちにとって頑張る原動力になりました。

コロナ禍にもかかわらず、歩生の通夜の際は思いがけず多くの友人にお見送りして頂きました。身近に死を感じることが少ない10代の学生さんが、気後れする事なく歩生とのお別れをしてくれる事をありがたく思いました。死は、誰にでもいつかはやってきます。今までに〝自分の死〟〝身近な人の死〟を考えた事があるでしょうか?死を考える事は同時に、今をどう生きるかを考える機会になります。そして、生きている今がより一層尊く、輝いて感じられると思います。本書を通して、大切な人と考え、話す機会となれば幸いです。

静岡県の遠隔授業導入の先駆者である鈴木真人先生、磐田北高校の先生方、静岡県教育委員会の方々のご尽力がなければ歩生の高校生活はありませんでした。

また、病児教育の改善を醸成されてきた、浜松医科大学付属病院坂口公祥先生、静岡県立こども病院加藤由香さまはじめ、関係者の方々の長年の活動のおかげです。そして歩生を支え寄り添ってくださったすべての方々に深く感謝申し上げます。

連載を担当してくださった静岡新聞社・武田愛一郎記者。当初、新聞の取材には消極的な私たちでしたが、武田さんの真摯で熱心な姿勢に心を動かされました。取材をお受けしなければ知り得なかった、歩生の姿や周囲の方々の思いに気づく事ができました。ありがとうございました。

最後に、長期療養する子供たちが将来を諦める事なく、安心して教育を受けられる体制の構築と、学業における選択肢の拡充を心より願っています。

２０２４年12月　寺田武彦・有希子

おわりに

2023年夏、私用で静岡県立こども病院を訪れた。廊下の掲示物を何気なく見ていて、ある一枚に目が留まった。こども病院に長期入院している高校生への遠隔授業の取り組みを紹介したものだった。興味を持ち、後日、病院に取材を申し込むと、快く応じてくれ、看護師の加藤由香さんは「遠隔授業が導入できたのは医教連携コーディネーターの鈴木真人さんの尽力が大きい」と教えてくれた。そこで鈴木さんを紹介してもらい、取材させてもらうと「このような仕事をしているのは磐田北高校長の時に寺田歩生さんという生徒に関わって……」という話になり、この時初めて歩生さんの存在を知った。歩生さんとの出会いは、このように思いがけない形だった。

歩生さん宅に初めて伺ったのは、残暑厳しい9月12日だった。骨肉腫で在学中に亡くなったことは事前に聞いていたが、詳しい状況は分からなかった。取材の目的は遠隔授業を受け始めたきっかけを聞かせてもらうためだったが、母有希子さんと長女侑加さんが語った話は、歩生さんが痛みを和らげるため右足を切断したことや、留年してまで卒業を目指したことなど、一つ一つが衝撃的だった。取材時間は予定を大幅に超え、3時間に及んだ。

車での帰路、遠隔授業の話以上に歩生さんの半生を伝えなければいけないのではないか、と一方的な使命感を抱いた。じっくり取材することは、ご家族につらい過去をさらに思い出させてしまうとの思いもあり、相当悩んだが、最終的に「歩生さんの生きざまを伝えたい」との思いから、当時の上司の鈴木誠之社会部長に相談した。その場で了承してくれた。歩生さんのご家族にも改めて取材を申し込むと、最初は「家族で話し合ってみます」との返事があり、それから10日ほどたって「お受けします」と言ってくれた。

だが、いざ連載の取材が決まると、言い知れない重圧に襲われた。歩生さんにとっても、ご家族にとっても、4年間の闘病は筆舌に尽くしがたかったはず。歩生さんの生きざまを正確に書けるのか、記事にすることでご家族に迷惑を掛けないかと、自問した。ただ、自ら言い出した話であり、誠心誠意向き合うしかないと、自分に言い聞かせた。友人や学校の先生を含めて取材を重ねるうちに、歩生さんはユーモアがあり、弱音を吐かないという人となりが分かってきた。面白いエピソードもたくさん聞くことができた。だが、ある日、侑加さんからもらったメールの内容にハッとさせられた。

〈歩生は入浴中に呼吸困難になったことがあり、それ以来、お風呂に入りたがらなくなりました。入る時も、仕事帰りの私が脱衣所に待機して「いる?」「いるよ」とお風呂の扉越しに会話しながら入浴する日が続きました〉

歩生さんは明るく見えても、死の恐怖が胸の内に確実にある様子がありありと伝わってきて、まだ深い部分に迫れていない自身の取材の甘さを痛感し、徹底的に向き合わなければと気を引き締めた。

寺田家にとって、取材を受けることはとても重い決断だったと思う。実際、家族会議の中で慎重な意見もあったと聞いた。侑加さんは「どんな書き方をされるんだろう」「哀れな人を見つけて面白いと思われたのかな」と当初、思ったそうだ。初めてご自宅に伺った時、侑加さんは笑顔で接してくれたが、実は、母だけでは心配だとして仕事の休みを取り「警戒感マックス」（侑加さん）で臨んでいたとも連載終了後、明かしてくれた。こうした中でも取材に応じてくれたのは、「歩生の生き方が少しでも人々のためになれば」と家族一同願ったからだった。

静岡県内の県立高校に遠隔授業が導入されたことで、長期療養しても同じ学校で学びが継続できる環境が整った。多くの若いがん患者を見てきた県内の医療関係者は言う。「中学、高校は人格形成の上でとても大事な時期。学校から切り離さず、治療と学びを両立させることが大切だ」と。生徒に関わる関係者がこうした思いを共有し、誰一人取り残さない教育を実現させてほしい。今思えば、こども病院で遠隔授業の掲示物に目がとまったのは、歩生さんが「病気療養する生徒の課題はたくさんあるから発信してよ。私のこと書いていいから」と気付かせてくれたのかもしれない。

侑加さんは昨秋、ヘアドネーションをした。歩生さんがウイッグでお世話になったことへの恩返しだそうだ。ご家族から送られてきたメールには、すっかりイメージが変わった侑加さんが、季世さん、歩生ちゃん人形と一緒に東京ディズニーランドに行った時の写真が添えられていた。職場の机で、その写真を眺めながら寺田家の仲の良さを感じるとともに、この絆の強さがつらい時期を乗り越える原動力になったんだろう……、いや、乗り越える過程で一層強くなったのかもしれないとあれこれ考えた。取材は重苦しい雰囲気になることもあったが、リビングの隅でおとなしく、時に散歩に行きたそうにそわそわしていた柴犬の豆吉が和ませてくれた。

ご家族をはじめ、磐田北高の先生方、歩生さんの同級生、医療関係者など40人近くに取材させていただき、取材時間は累計70時間以上に及んだ。快く応じてくれたすべての方に心より感謝したい。

静岡新聞社東京支社編集部（取材時、編集局社会部）
武田　愛一郎

［表紙写真］
ポーズを取る寺田歩生さん。高校1年の冬に右足を切断した
＝2020年3月、磐田市内（歩生さんの両親提供）

静新ブック＋（プラス）01
『青春を生きて―歩生が夢見た卒業』

2025年1月23日　第1刷発行

静岡新聞社 編

発行者	大須賀紳晃
発行所	静岡新聞社
	〒422-8033 静岡市駿河区登呂3-1-1
	電話 054-284-1666
装丁・レイアウト	野村道子
印刷・製本	藤原印刷株式会社

落丁・乱丁本はお取り替えいたします。

ISBN978-4-7838-2270-7 C0336

「静新ブック＋（プラス）」創刊のことば

静岡新聞社は１９４１（昭和16）年の創立以来、静岡県の地元紙として地域の安心と安全、豊かな生活の実現を目指して、県民の皆さまとともに歩んでまいりました。終戦後の復興期から高度経済成長へ、「一億総中流」の意識が定着した安定成長期を経て、バブル崩壊とその後の「失われた30年」へ――。時代が転じていく中にあっても、「不偏不党」の社是の下、常に県民とともにあり、その行く先を照らす灯となるべく、確かな情報を伝え、明日に向けた視座を示していこうと努めてまいりました。

今日、急速なデジタル化とＡＩ（人工知能）の進化が社会のありようを大きく変えようとしています。その影響は県民生活の隅々にまで及ぶと予想されています。第４次産業革命ともいわれる変革が、社会をどのような「明日」に導くのか。見通すことは難しく、新聞ジャーナリズムの在り方もまた問い直しを迫られています。

ただ、先行きが見通しにくい時代だからこそ「確かな情報」の価値は高まり、そこに変わらぬ存在意義があるとも私たちは考えています。インターネット上に真偽不明のものも含めてさまざまな情報があふれる中で、記者が取材・執筆し、デスクや編集者が目を凝らした記事を発信する基本姿勢を堅持していくことにより、県民の信頼に足る伴走者であり続けようと思います。

このたび、編集局の記者が現場を歩き、取材を重ねて執筆した連載などを小冊子にまとめ、「静新ブック＋」として創刊します。記者が丹念に事実を掘り起こし、よりよい社会への手がかりを探ろうとする試みを、手に取りやすいブックレット形式でお届けします。

混迷の時代にあって、地域に根差して生きていくことの意味を、あらためて読者の皆さまとともに考えるシリーズになればと願っています。

２０２５年1月

静岡新聞社　代表取締役社長　大須賀紳晃